COLLECTION FOLIO

René Frégni

Tu tomberas avec la nuit

Denoël

Né le 8 juillet 1947 à Marseille, René Frégni a déserté l'armée après de brèves études et vécu pendant cinq ans à l'étranger sous une fausse identité. De retour en France, il a travaillé durant sept ans comme infirmier dans un hôpital psychiatrique avant de faire du café-théâtre et d'exercer divers métiers pour survivre et écrire.

Depuis plusieurs années, il anime des ateliers d'écriture dans la prison d'Aix-en-Provence et celle des Baumettes.

Il a reçu en 1989 le prix Populiste pour son roman *Les chemins noirs* (Folio n° 2361), le prix spécial du jury du Levant et le prix Cino del Duca en 1992 pour *Les nuits d'Alice* (Folio n° 2624), le prix Paul Léautaud pour *Elle danse dans le noir* en 1998, le prix Antigone pour *On ne s'endort jamais seul* en 2001, et le prix Nice Baie des Anges pour *Tu tomberas avec la nuit* en 2008.

À celle qui m'a donné la force d'oublier la fatigue, la violence et l'effroi.

« Plus on juge, moins on aime. »

HONORÉ DE BALZAC,
Physiologie du mariage

« Car il y a seulement de la malchance à n'être pas aimé : il y a du malheur à ne point aimer. »

ALBERT CAMUS,
Retour à Tipasa

Préambule

Ni pamphlet ni réquisitoire contre la justice, ceci est le simple récit d'un homme qui eut la naïveté ou commit l'imprudence de rester parfois humain. C'est l'histoire simple de chacun de nous et cependant c'est une histoire de ténèbres. Un voyage où le bien et le mal ont le même visage. Plus vous croyez bien faire et plus vous vous enfoncez dans la nuit. Telle est la malice de ceux qui ont construit le labyrinthe : le diable, le bon dieu et sans doute chacun de nous.

1

Le 17 octobre à trois heures de l'après-midi j'ai plaqué mes mains sur mon visage et je suis resté de longues minutes derrière le velours noir de mes paupières. Quand j'ai ouvert les yeux j'avais pris une décision, j'allais tuer le juge.

Depuis un an et demi je porte une enclume au creux de l'estomac ; que je marche, que j'avale ma salive, que je me retourne dans le lit, elle est là, elle écrase mes boyaux. À la seconde où j'ai décidé de tuer le juge l'enclume a disparu.

Je me suis tourné vers la fenêtre et j'ai vu l'automne, sur les collines, les toitures, les terrasses, les dernières fleurs des lauriers-roses, partout, la brume apaisait la ville et étouffait la rumeur qui monte du périphérique. Un chat dormait blotti contre une parabole. J'étais soudain aussi paisible que lui sous ce pâle soleil d'octobre.

Il faudrait que je puisse écrire ce qui m'est arrivé

depuis dix-huit mois, raconter ce qu'un homme m'a fait subir chaque jour, trouver les mots pour dire son acharnement, peut-être sa haine. Chaque jour cet homme se lève pour juger des femmes et des hommes que l'on traîne enchaînés devant lui et chaque soir sans les regarder dans les yeux il envoie des femmes et des hommes vieillir dans de vieilles prisons. Moi non plus il ne m'a jamais regardé dans les yeux, le doute lui fait peur. Penché sur son bureau, il récite des articles de loi en tournant les pages de ses petites mains blanches de prêtre. Il a passé sa vie à juger des gens sans oser regarder leurs yeux.

Depuis un an et demi je n'ai pas réussi à écrire une seule ligne. Chaque lettre que le facteur m'apporte est plus belle que ce que je pourrais écrire. Je n'ose plus répondre. Chaque matin je fais la poussière sur mon bureau, je range mes cahiers, mes stylos, redresse l'abat-jour jaune de ma lampe, je m'installe et je n'ai plus aucune idée. Je reste la main suspendue au-dessus d'un cahier neuf.

Je dis à tout le monde que j'écris mais je n'écris rien, l'après-midi je m'endors sur de vieux livres que j'ai relus dix fois. Pour oublier que je n'écris pas je fais le ménage, les courses, et j'attends ma fille qui est en sixième. Les gens traversent la place un peu plus rapidement chaque jour.

Un homme que je ne connaissais pas est entré dans ma tête et a tout balayé. Je ne trouve plus mes mots, j'ai perdu mon métier. N'importe qui peut entrer dans votre tête à tout moment et vous dévorer le cerveau. J'ai écrit plus de dix romans et je ne sais plus comment tenir un stylo. Il y a deux ans que j'ai acheté ce cahier et certains pensent que je suis encore un écrivain.

Le chat vient de se réveiller. Il lèche sa patte et la passe longuement sur son oreille. Le soleil a disparu derrière le clocher au moment où sonnaient cinq heures. Le vent s'est levé, il chiffonne les nuages et les jette par-dessus les collines que l'été a brûlées. Quand ma fille arrivera je lui préparerai une crêpe au Nutella. Si j'ai une enclume dans le ventre c'est qu'elle m'a vu partir les menottes aux poignets. Moi je peux tout encaisser, ça n'a pas beaucoup d'importance, ma vie je l'ai presque toute vécue, mais une enfant... Un jour j'ai dit au juge : « Vous avez traumatisé ma fille et ça je ne vous le pardonnerai jamais ! »

J'aimerais trouver la force de tout raconter et que ma fille n'ait pas honte un jour de traverser la ville et de croiser le regard de ceux qui pensent que ça ne leur arrivera jamais. Moi aussi je pensais que ça ne m'arriverait jamais.

Je peux dire que tout a commencé il y a une quinzaine d'années par un simple coup de téléphone. Quelqu'un au ministère de la Culture me demandait si je voulais bien animer un atelier d'écriture avec des détenus dans une maison d'arrêt. Je venais tout juste de publier mon premier roman chez Denoël. Je n'avais jamais entendu parler d'ateliers d'écriture. J'ai répondu oui.

Deux semaines plus tard, je sonnais à la porte de la prison Sainte-Anne à Avignon. Le directeur m'attendait.

Sous le petit soleil d'automne de la cour d'honneur, écrasée ici entre le mur d'enceinte et la première grille, le directeur semblait ennuyé. Il avait reçu cette lettre du ministère… Il m'a demandé ce que signifiait concrètement un atelier d'écriture, je lui ai répondu que je n'en savais rien. Lui ne savait plus s'il devait me laisser franchir le portique antimétal, le premier que je voyais.

J'ai déposé dans un tiroir mes clés, ma monnaie, ma carte d'identité.

— J'ai fait mettre des affichettes dans tous les

couloirs de la détention, m'a-t-il dit, pour annoncer votre venue. Une douzaine de détenus se sont inscrits, le problème c'est que je ne sais pas où vous installer, nous n'avons aucune salle ici. Cette prison est si vieille, elle devrait être fermée depuis belle lurette.

— Vous n'avez pas une bibliothèque ?

— Si on peut appeler ça une bibliothèque... C'est une cellule ordinaire où nous stockons les livres, le bibliothécaire est un détenu, il vit dans cette cellule. Deux fois par semaine il fait le tour de la prison avec son chariot et la liste des livres ; vous savez ici la lecture...

Le directeur m'a offert un café dans son bureau puis il s'est levé.

— Il faut y aller, il est deux heures, les surveillants vont amener les volontaires, c'est à l'autre bout de la prison.

Nous avons franchi deux énormes grilles rouillées puis longé un couloir mangé par la vermine et l'humidité, les portes des cellules semblaient moisies, une poussière de plâtre blanchissait le pied des murs. La lumière verdâtre m'a fait penser au film *Midnight Express*.

— C'est l'humidité qui monte du Rhône, m'a dit le directeur, les jours de grande crue l'eau envahit les cours, je suis obligé de suspendre les promenades, il y a partout des rats longs comme ça qui sortent des égouts.

Il me montrait son bras jusqu'au coude.

— On appelle ce couloir la Banasterie parce qu'il longe la rue du même nom. Nous allons basculer de l'autre côté, sous le rocher des Doms.

Nous sommes passés sous une imposante rotonde. Dans cette partie de la prison, les murailles étaient recouvertes de plaques de mousse ou de lichens violacés. Aucune lucarne, de faibles ampoules grillagées tous les dix mètres écartaient la pénombre. Cette étrange cité aurait pu être n'importe où sous un lac ou sous la mer. La tuberculose devait rôder dans ces longs corridors trempés. Le directeur semblait gêné.

— C'est aussi vieux que le palais des Papes. Ce fut d'abord un prieuré il y a six ou sept cents ans, puis je crois un hôpital. Les Pénitents noirs ont créé l'hospice des Insensés et au siècle dernier c'est devenu une prison. Ne vous étonnez pas si tout s'écroule, il en est passé dans ces couloirs des fous, des moines et des assassins... Au troisième étage, là-haut, il y a encore des inscriptions en allemand qui datent de la dernière guerre, je n'ai même pas de quoi donner un coup de pinceau...

L'autre jour le procureur est venu visiter, il s'est assis sur une chaise qui s'est effondrée sous son poids, j'espère qu'il a compris, tout est pourri.

Les détenus nous attendaient avec quelques surveillants devant cette bibliothèque-cellule. J'ai serré la main de tout le monde. Les détenus étaient presque tous vêtus d'un survêtement et de chaussures de tennis. J'ai eu l'impression que nous allions entrer dans un gymnase pour une compétition.

Jusqu'au plafond les murs de ce réduit étaient tapissés de livres, tous recouverts d'un même papier bleu fané. Quelqu'un avait écrit sur chaque livre, à la plume, le titre et le nom de l'auteur. J'ai appris plus tard que les bibliothécaires des prisons sont souvent des escrocs ou des crimes passionnels. Ils sont plus cultivés que les autres.

Nous avons pris place comme nous avons pu, trois ou quatre sur le lit du bibliothécaire, deux sur sa petite table, les autres se sont assis par terre jambes repliées. Ils m'ont laissé l'unique chaise. Je m'y suis posé très délicatement afin de ne pas faire comme le procureur. Deux surveillants étaient debout près de la porte, s'il y avait eu un seul inscrit de plus il serait resté dans le couloir, même un nain. Le directeur m'a souhaité bonne chance.

Juste sous le plafond, des plaques de métal et d'énormes barreaux aveuglaient une étroite fenêtre. Atelier d'écriture... Une oubliette.

Je me suis présenté et ils m'ont posé deux questions : est-ce que je gagnais bien ma vie avec mes livres ? Étais-je supporter de l'Olympique de Marseille ? À la première j'ai répondu non, oui à la seconde. Ça a détendu l'atmosphère, même les deux surveillants souriaient ; j'allais au stade Vélodrome, je ne pouvais pas être un émeutier. Ils étaient presque tous marseillais.

Durant près de trois heures nous avons discuté de football, de femmes et un peu des livres qu'ils avaient lus. Ils m'ont raconté l'anecdote de ce détenu qui avait emprunté un jour *Les Essais* de Montaigne et qui avait balancé le livre à la tête du bibliothécaire la semaine suivante parce que cet écrivain n'avait jamais vu de sa vie un ballon de rugby.

Quand l'un des surveillants m'a dit qu'il était temps de les ramener en cellule, personne n'avait envie de bouger. Ils m'ont demandé si j'allais revenir.

Je me suis retrouvé dans la rue comme on surgit d'un souterrain. Quatre cents hommes vivaient pendant des années dans ce souterrain. La ville m'a paru étincelante de boutiques, de lumières et de femmes élégantes qui sortaient des bureaux ou souriaient devant une vitrine.

J'ai escaladé l'escalier Sainte-Anne vers le rocher des Doms. De là-haut on domine toute la maison d'arrêt ; le dôme de la vaste rotonde qui distribue les quatre cours et les enfilades de cellules. La brume montait du Rhône, faisant de cette prison un paquebot de pierre, un immense tombeau.

J'avais encore dans la bouche cette odeur de désinfectant, de chou, de moisissure et de souffrance, et j'étais loin de me douter que durant quinze ans, chaque semaine, je retrouverais cette odeur dans la prison Sainte-Anne puis dans toutes les prisons où j'allais retourner des centaines de fois avec des valises de mots et des sacs pleins de rêves.

Des femmes étaient montées sur un mur et elles appelaient vers ce qui devenait, de minute en minute, un puits de ténèbres. Des hommes que l'on ne voyait pas leur répondaient. Et la phrase la plus banale surgissant du néant devenait une lamentation tragique ou une déchirante malédiction : « N'oublie pas le linge !... », « Demande le double parloir !... », « Il vient quand ce putain d'avocat ?... », « Dis à Jacky qu'il se casse !... », « Préviens la mère de Charly qu'ils l'ont transféré ce matin à Clairvaux !... » Et ces appels aussi que les couloirs répercutaient et qui allaient résonner dans les quartiers les plus isolés de la prison, j'allais les entendre pendant quinze ans rouler sur les murailles et dans ma tête et se mêler aux bruits métalliques de milliers de serrures et de milliers de barreaux.

Ateliers d'écriture... Je n'ai jamais vraiment cru aux écritures collectives pour la bonne raison que je ne peux écrire que seul, dans un silence parfait, face à un mur blanc où la moindre tache me gêne. J'ai écrit la plupart de mes livres dans ma chambre, face à un mur, le téléphone décroché. L'écriture est un acte solitaire, monacal, une lente progression vers nos propres abîmes.

Dans ces ateliers que j'allais animer durant toutes ces années dans les prisons de Luynes, d'Avignon ou celle des Baumettes, nous n'avons que rarement écrit ensemble autour d'une table.

Nous lisons à haute voix des textes que chaque détenu élabore dans le silence de sa cellule. Ces hommes sont pour la plupart des longues peines. Après cinq ans passés derrière des murs et des barreaux, tout homme se met à ressembler, à penser, comme un mur ou un barreau. Ceux qui s'arment un jour d'un stylo sont peut-être sauvés. Par les passages secrets que dessine l'encre, ils retrouvent les voies qui mènent vers les rumeurs du monde.

Combien de détenus m'ont dit : « J'avais oublié toutes les odeurs, un jour j'ai écrit par hasard le mot figuier, le mot septembre et brusquement tout est remonté : l'herbe mouillée des matins d'automne, la brume qui accompagne une rivière, le bruit de l'eau, celui des chiens de chasse, la saveur extraordinaire d'une figue encore couverte de rosée… »

Toute l'écriture est là. Elle nous permet de retrouver, de découvrir les régions les plus écartées de nous-mêmes. Au fil des saisons, dans ces petits groupes, chacun par l'écriture s'approche de ses monstres, les désigne, les apprivoise. Pour descendre dans ces puits sans fond ils attendent souvent le dimanche et la nuit. Durant ces longues heures pas de parloirs, d'avocats, de courrier, rien que le silence intemporel des miradors.

Chaque fois que je franchis les portes blindées d'une prison et que les surveillants fouillent mon cartable, il me semble que j'apporte à cette poignée d'hommes peut-être mieux qu'un P38 ou qu'une lime ; chacun de mes vêtements est bourré de mots, de sensations, de cris, d'émotions et de parfums de femmes.

Dans cette oubliette de la prison Sainte-Anne, un jour d'octobre, nous avions commencé en évoquant les femmes et le football, quoi de plus normal, comment aurais-je pu me douter que j'allais voyager aussi loin dans cette immobilité apparente, à déchiffrer et à entendre des phrases que certains pourraient juger maladroites mais qui arrivent d'un lieu qui ne figure sur aucune carte et où gronde un souffle aussi fort que le temps.

Et puis il y eut ce jour d'hiver, semblable à tous les autres, où je mis sans m'en apercevoir le doigt dans un irrésistible engrenage de violence et de haine.

Un petit matin d'hiver cependant comme je les aime, très froid dehors quand le premier soleil découpe à la pointe de cuivre le clocher et la cage de fer du campanile qui le couronne.

Les jours où ma fille est chez sa mère, j'aime traîner en robe de chambre toute la journée ; pas de repas, d'horaires. Je commence par me préparer un grand bol de café, un excellent moka que j'achète sous mes fenêtres, puis je choisis sur mes étagères un bon polar, un M. Cain, un Chester Himes ou un Simenon, le plus souvent un James Hadley Chase.

Pour voyager durant ces lumineuses journées d'hiver, je n'ai rien trouvé de plus efficace. Je me cale dans mon fauteuil, le roman dans une main, le bol de café dans l'autre, et j'oublie tout. Les personnages de Chase pourraient être ceux de Hitchcock, les femmes y sont aussi séduisantes que cruelles, éblouies par le luxe et l'argent. Éblouis les hommes le sont aussi par ces poitrines tendues et ces longues jambes gainées de soie. Et tout ce beau monde bascule dans des traques implacables et des pièges terrifiants et le soleil glisse sur la terre cuite du salon dans un bonheur parfait.

Sans m'en douter ce matin-là, j'allais basculer moi-même dans un de ces pièges et ma vie paisible allait devenir un roman noir. La vie est si curieuse…

Avant de commencer vraiment cette histoire,

l'histoire de ce piège, j'aimerais citer Chase dans l'un de ses romans, *Eva* : « La plupart des hommes mènent une existence double : l'une publique, normale, et une autre qui reste habituellement secrète. Naturellement, la société ne peut juger un homme que d'après l'existence publique, mais qu'une imprudence vienne à révéler sa vie secrète, l'opinion se retourne aussitôt contre lui, et généralement il se voit mis à l'index. C'est pourtant bien toujours le même homme. »

De vie secrète, à cette époque, je n'en avais pas, je vivais entre ma fille et mes romans. J'allais commettre une imprudence.

Quelqu'un venait de sonner à ma porte. Dix heures du matin. Ça ne pouvait être que le facteur. J'ai posé mon livre à contrecœur et suis allé ouvrir. Une femme était devant moi, brune, mince, sombre, en jean. Je l'ai tout de suite reconnue. Elle habite au bout de la rue et traverse la place plusieurs fois par jour. Je l'ai souvent observée, elle se déplace avec souplesse et insolence d'un air de dire : « Regardez bien, vous ne me toucherez jamais ! »

Elle est entrée avant même que je l'y invite. Elle s'est avancée dans le salon puis m'a fait face avec beaucoup d'arrogance.

— Je sais que vous allez à la prison de Luynes tous les jeudis, mon copain y est incarcéré, je n'ai ni bagnole ni permis, chaque semaine je prends le car pour aller le voir. J'ai demandé un parloir le jeudi.

Tout en elle exprimait une grande violence, ses yeux étincelants et sa bouche très dure. Sensuelle et provocante lorsqu'elle s'avançait dans la ville par le milieu des rues. Là, de près, je la trouvais très dure, presque vulgaire.

Elle n'était pas venue me demander un service. Elle s'imposait. J'étais amusé et contrarié. J'adore rouler seul en écoutant de la musique, surtout l'automne, quand les forêts le long de la Durance sont rouges, bronze et or. Mes livres je les écris en roulant, sur le ruban noir des routes et les feuillages éclatants. Du cap Canaille aux plateaux vibrants de lumière entre Valensole et Moustiers, sous des étés de feu et les plus beaux orages. J'ai vu des arcs-en-ciel se tordre entre deux clochers et des vols de corbeaux qui déplaçaient des ruines. Sur ces petites routes écartées je découvre les silhouettes qui peuplent mes romans. Chaque tronc d'arbre, vieille bâtisse, fontaine, m'apporte le mot suivant et je n'ai plus qu'à regagner ma chambre et m'asseoir face à un mur blanc.

Il me faut une petite heure pour aller de Manosque où j'habite à la maison d'arrêt de Luynes. J'avais persuadé le directeur de la prison Sainte-Anne qu'une bibliothèque installée dans la vaste rotonde relancerait la lecture, et cet homme, placide et érudit, s'était attelé à la tâche, avait écrit et téléphoné partout jusqu'au sommet de l'État. Ce simple projet était devenu en quelques semaines le but de sa vie, la justification de ce triste métier, emmurer d'autres hommes. Remplacer les rats d'égout par des rats de bibliothèque.

En attendant la fin des travaux, tous les jeudis j'allais à Luynes.

Deux heures de route avec cette femme sombre qui avait surgi dans ma vie entre deux pages de roman et qui insultait la terre entière dès que nous quittions Manosque et qui l'insultait encore quand nous y revenions. Fini la musique et les songes romanesques, j'allais subir durant cinq ou six mois un véritable délire de persécution. Deux heures à l'entendre bourdonner contre ses voisins, les employés municipaux, les institutrices, les pigeons, le boulanger, les sages-femmes et les fossoyeurs, les merdes de chien, les huissiers, les pédophiles, les riches, les pauvres, les enculés et tous ces pédés !

Entre ces deux torrents d'injures, mes trois heures avec les détenus étaient un havre de lumière. Qu'avait vécu cette femme pour être à ce point gorgée de venin et de haine ?

La prison de Luynes est un rectangle de béton au milieu des champs, écrasé l'été sous la fournaise, poncé l'hiver par le mistral qui se déchire en hurlant sur la lame des barbelés.

Le parloir de Karine ne durait que vingt minutes. Comment la laisser trois heures sur un parking battu par tous les vents ? À contrecœur je lui laissais les clés de ma voiture.

Dans cette prison, comme dans les autres, j'apportais un peu de vrai café, une tablette de chocolat, des navettes de Saint-Victor, des milliers d'histoires et au fil des années quelques adresses de femmes. Des femmes seules, veuves ou divorcées, mariées du bout des lèvres, que je rencontre dans les librairies, les fêtes du livre et les bistrots et qui sont prêtes à se jeter les yeux bandés dans des aventures insensées.

On commence par faire chauffer de l'eau dans une boîte de conserve à l'aide d'une petite résistance métallique que l'on branche à une prise et pendant que l'un de nous verse une petite cuillerée de café dans chaque verre un profond silence se fait, un silence de loups solitaires. Alors ils me demandent :

— Tu en as rencontré une cette semaine ?...

J'attends toujours pour répondre que tout le monde soit servi, les adresses de femmes ça va avec le chocolat et l'arôme du café. Nous vivons un instant unique. Les murs n'existent plus, ni les cris qui montent des cours de promenade ou le même appel tragique répété pendant des heures au bout du couloir : « Surveillant !... Surveillant !... »

Je tire de ma poche un petit morceau de papier soigneusement plié. Ils fixent mes doigts comme des hommes qui attendent une pluie d'or... Sur ces petits morceaux de papier griffonnés sur un comptoir ou dans un train, il y a parfois des histoires d'amour qui vont durer des années, des milliers de lettres attentives, timides puis passionnées, jetées par-dessus le mur et qui vont changer le destin de ces hommes perdus. Écrire pour ne pas être oublié.

C'est en sortant de la maison d'arrêt un soir d'hiver qu'il m'a semblé que ma voiture n'était pas garée exactement où je l'avais laissée au début de l'après-midi. J'avais pris l'habitude de la ranger entre le mirador et le mess des surveillants, sur le parking supérieur.

Karine m'attendait en écoutant sa musique, une boîte de Coca dans la main, les pieds sur le tableau de bord.

Je n'ai rien dit mais la semaine suivante, lorsque nous sommes arrivés à la prison, j'ai noté dans ma tête le kilométrage avant de lui tendre les clés.

Pendant trois heures j'ai oublié l'agressivité épidermique de cette femme et comme chaque jeudi, avec ce petit groupe de longues peines, nous avons lu nos textes à haute voix, refait le monde, voyagé sur tous les continents, déshabillé pas mal de femmes et ri comme des enfants.

À présent les surveillants me faisaient confiance, ils nous enfermaient dans une petite salle et restaient dans le couloir. Parfois ils nous entendaient hurler de rire et leurs têtes s'encadraient dans le judas. Ils nous enviaient presque.

Quand je suis sorti à cinq heures, j'ai tout de suite regardé le compteur : elle avait fait quarante-trois kilomètres...

Je n'ai pas mis le contact, je me suis tourné vers elle.

— Tu es allée à Aix ou à Marseille ?

Elle a sursauté.

— Qu'est-ce que tu racontes ?

— Je te demande où tu es allée te balader avec ma voiture ?

— Je l'ai pas touchée, ta caisse !

Elle élevait la voix pour m'impressionner.

— Alors explique-moi pourquoi il y a quarante-trois kilomètres de plus au compteur ?

Son visage s'est affaissé, il est devenu gris. Elle était coincée.

— Quoi, tu me surveilles ! Tu notes les kilomètres ! J'ai honte pour toi !

Elle a soulevé sa lèvre supérieure en soufflant de mépris. Toute la cruauté de ce visage apparaissait là, au moment où elle retroussait sa lèvre supérieure.

— Tu n'as pas de permis et tu te balades sur l'autoroute, au moins reconnais-le !

Elle n'était pas du genre à reconnaître quoi que ce soit, je n'étais à ses yeux qu'un pauvre intellectuel, un rêveur que le premier venu roule dans la farine.

— J'en ai rien à foutre de ta caisse pourrie !

Son visage était déformé par la rage. J'ai senti que la colère me gagnait aussi. Des mois que je transportais cette furie sans le moindre remerciement, maintenant elle m'insultait. Calmement je lui ai dit :

— Minute papillon ! Si tu n'en as rien à foutre de ma caisse pourrie, jeudi prochain tu prendras le car, il est neuf !

Et j'ai démarré dans un silence de mort. Sans la regarder je savais que sa lèvre supérieure demeurait retroussée, ses dents luisaient.

Le jeudi suivant elle s'est pointée chez moi comme si de rien n'était, avec son jean moulant et son air arrogant. Mes paroles avaient eu autant d'effet qu'une poignée de sable lancée contre un char d'assaut. Je lui ai dit :

— Je crois qu'on s'est mal compris tous les deux, à partir d'aujourd'hui tu prends le car.

Elle était sans voix. La fureur charbonnait dans ses yeux et tendait tous ses muscles. Elle cherchait quelque chose à dire ou à me jeter à la figure. Un nerf s'est mis à vibrer sous son œil. Brusquement elle a hurlé :

— Tu me le paieras, enculé !

Elle est sortie et de toutes ses forces elle a claqué la porte. J'ai entendu qu'elle y balançait un grand coup de pied. Elle rugissait encore en dégringolant l'escalier.

Quelques minutes plus tard je roulais en écoutant la trompette de Miles Davis, cette souplesse mélodique s'accorde si bien avec la petite route qui se promène sous les peupliers, le long de la Durance. J'étais à cent lieues de me douter que ces instants de paix retrouvée n'annonçaient que violence. Ma décision pourtant banale allait déchaîner la tempête.

Je savais que Karine habitait au bout de la rue avec cinq ou six frères et sœurs plus teigneux les uns que les autres. Un seul d'entre eux travaillait, les autres... Toute la journée ils rôdaient dans les rues, les yeux pleins de violence. La ville entière avait eu affaire à eux un jour ou l'autre. On les évitait.

Karine avait une tête d'oiseau de proie sur un corps de déesse, les frères et sœurs n'avaient que la tête d'oiseau, aiguë, farouche. Pas très costauds séparément mais secs et en meute. Quand ils voulaient obtenir quelque chose ils faisaient irruption dans la mairie et insultaient tout le monde. En général ils l'obtenaient.

Ils se sont mis à m'insulter. Où que je les croise, dans la rue ou sur le parking du supermarché, ils crachaient dans ma direction en me traitant d'enculé, de minable. Je ne me retournais même pas. Mon indifférence rendait leur voix suraiguë et leurs yeux sauvages.

Je pensais que le temps disperserait leur haine. Je me trompais. Un soir à cinq heures j'allai chercher ma fille à l'école, elle était alors en grande section de maternelle. Durant la semaine elle vivait chez moi, sa mère la prenait le week-end jusqu'au lundi soir.

Je suis entré dans la salle d'accueil et j'ai vu Marilou pleurant à chaudes larmes entre deux maîtresses qui tentaient de la consoler. Elles semblaient très préoccupées. J'ai pris ma fille dans mes bras, persuadé qu'elle était tombée en jouant comme cela arrive tous les jours, mais la directrice m'a dit : « Il faut que je vous parle. »

J'ai voulu poser ma fille, elle serrait mon cou de toutes ses forces, tous ses petits muscles s'accrochaient à moi. Je lui disais : « C'est rien, mon bébé, je suis là, c'est fini, c'est fini. » En embrassant ses cheveux trempés par les larmes.

Nous avons fait quelques pas ainsi et la directrice m'a dit :

— J'ai l'impression que vous avez des problèmes avec une famille très particulière. Tout le monde l'a remarqué ici depuis quelque temps.

Je savais de qui elle parlait.

— Certains de leurs enfants sont dans la classe de Marilou, ils entendent leurs parents et épousent leur cause. La violence des parents se communique très vite. Depuis quelques jours ils bousculaient votre fille, aujourd'hui ils l'ont frappée.

Mon sang n'a fait qu'un tour.

— Et vous avez laissé faire !

— Nous sommes arrivées trop tard, ça se passait dans la cour. Je suis désolée, monsieur, ce n'est pas la première fois que nous avons des problèmes avec cette famille.

— Vous êtes désolée, mais si vous n'êtes pas capables de protéger les enfants il faut appeler la police !

— Nous l'avons fait une fois, ça a été pire. Ils sont revenus nous menacer avec des battes de baseball ; la police nous a demandé de porter plainte.

— Et alors ?

— Vous savez, ces gens-là tout le monde en a peur, même la police. Ils peuvent vous attendre dans un coin sombre la nuit et vous faire la peau.

Je sentais le corps de Marilou battre contre le mien. Elle s'agrippait de plus en plus fort. La terreur avait envahi ce petit corps. Une rage immense a soulevé le mien. La directrice a pris mon bras.

— Écoutez, monsieur, je ne devrais pas vous parler ainsi mais au point où en sont les choses je ne vois qu'une solution, changez votre fille d'école. Ici ça ne peut que dégénérer, nous n'avons pas vraiment les moyens de la protéger. Je sais que c'est grave, très grave. Aujourd'hui c'est votre fille, demain ce sera nos propres enfants.

J'étais sidéré.

— Où voulez-vous que je la mette, elle dépend d'ici, c'est l'école du quartier ?

— Allez voir le maire, expliquez-lui, c'est un cas de force majeure, nous sommes dépassés. Et puis après ce qui s'est passé je doute que la petite revienne volontiers, elle est si sensible, si douce. Elle n'a pas compris ce qui lui arrivait.

J'avais envie de pleurer, de hurler, de tout casser. Nous sommes rentrés à la maison, serrés l'un contre l'autre.

Le lendemain j'ai demandé à ma voisine de garder Marilou un moment et je suis allé voir le maire. Je le connais bien, nous buvons souvent le café ensemble le matin avec les commerçants du quartier et tous les solitaires qui attendent l'ouverture du bistrot pour pouvoir enfin parler des titres du journal et des premiers froids après le long silence de leurs nuits.

Je l'ai trouvé au comptoir avec les trois coiffeurs et un groupe de chasseurs. Je lui ai dit qu'il fallait que je le voie tout de suite. Nous nous sommes un peu écartés. C'est l'avantage des petites villes, pas besoin de prendre rendez-vous, on parle au maire au bout du comptoir.

En quelques mots je lui ai tout raconté, les insultes, les crachats, la violence et ma fille qui était maintenant habitée par la peur. Il m'a répondu en hochant la tête :

— Tu n'es pas le premier à venir me voir à cause de cette famille. Que veux-tu que je fasse, on ne peut pas tous les mettre en prison.

— Ma fille ne peut plus rester aux Tilleuls après ce qui s'est passé, tu peux la faire inscrire aux Combes, ce n'est pas beaucoup plus loin.

Au comptoir tout le monde tutoie le maire, aucun bureau ni écharpe tricolore ne vous sépare de lui. Il m'a dit :

— Je sais que c'est grave, René, mais il y a une

carte scolaire que nous devons respecter. Tu écris des livres et tout le monde te connaît ici, si je fais ça pour toi dans une heure toute la ville le saura. J'ai déjà cent demandes pour les Combes, je ne peux tout de même pas fermer une école.

— Alors je dois laisser ma fille de cinq ans se faire démolir tous les jours parce qu'il y a une carte scolaire ?

Il a écarté les bras, les mains ouvertes, impuissantes.

— Fais comme tout le monde, mets-la dans le privé, à Saint-Charles, là au moins il ne peut rien lui arriver, ils sont triés sur le volet.

Je n'ai pas insisté. Une heure après j'inscrivais ma fille à Saint-Charles mais c'était loin d'être terminé.

Les insultes et les crachats ont redoublé. Quatre fois par jour ils me voyaient accompagner ou ramener Marilou de Saint-Charles. Je n'étais plus seulement un enculé, j'étais un bourgeois et un lâche. Un lâche. Je n'avais pas osé les affronter, j'avais eu peur, je m'étais réfugié dans l'école des notables.

Quand ma fille en apercevait un au coin d'une

rue ou venant vers nous, sa petite main se crispait dans la mienne et ses ongles entraient dans ma chair. Elle ne pouvait plus avancer, un mur invisible l'arrêtait net. Deux ou trois fois elle a fait pipi dans sa culotte et nous avons fait demi-tour pour rentrer à la maison.

Dès que nous sortions dans la rue elle commençait à guetter, le ventre plein d'effroi. Elle ne descendait plus jouer sur la place le mercredi. Quand nous étions rentrés elle vérifiait que la porte d'entrée était bien fermée à double tour. Je lui lisais des livres qui ne font pas trop peur mais elle ne pouvait plus dormir seule dans sa chambre, elle venait se blottir dans mon dos et ne me lâchait pas jusqu'au matin.

Je me suis mis à faire des cauchemars. Je me réveillais trempé au milieu de la nuit. j'étais son père et je ne pouvais pas la protéger. Le père d'un enfant qui ne pouvait plus sortir car chaque rue lui faisait peur.

J'ai commencé à rêver que je les assassinais les uns après les autres et ça me faisait du bien. Mais au réveil je savais qu'il fallait affronter les rues, les crachats et la haine.

La haine a envahi mon corps. J'étais seul face à une violence qui pouvait éclater à tout moment, sous le regard terrifié de ma fille. Elle me verrait peut-être blessé, couché par terre.

Je ne suis plus sorti sans un tournevis très aiguisé dans ma poche. Quand je rentrais tard et seul le week-end, je scrutais chaque porche, chaque tronc de platane, le tournevis serré dans mon poing, et j'espérais que l'un d'eux me barrerait la route pour lui planter dans le ventre le tournevis jusqu'à la garde.

Je me suis souvenu d'une phrase que nous disait souvent mon père afin qu'on ne se laisse pas faire à l'école et dans la rue : « Quand on te crache à la figure, il ne faut pas dire qu'il pleut. »

J'ai grandi dans un quartier populaire de Marseille où l'on se battait presque tous les jours pour une bille, un bâton de réglisse, un regard de travers. À quinze ans, comme j'étais loin d'être le plus costaud, après être rentré plusieurs fois à la maison les arcades sourcilières et les lèvres éclatées par les coups de tête et de poing, je m'étais inscrit le même jour dans une salle de boxe et un club d'aïkido. Dans le premier j'étais resté un an, dans le second quatre, mais par la suite dans la rue c'est surtout la boxe qui m'avait aidé.

Cela faisait trente ans que je ne m'étais pas roulé dans la poussière, la bouche et le nez pleins de sang. Saurais-je encore me battre ? J'étais devenu un écrivain, un homme paisible au fil des années. Brusquement j'avais de la haine dans chaque cellule de mon corps. Mon père avait raison, j'avais trop attendu, maintenant il fallait les affronter.

Le jeudi suivant, pour la première fois, j'ai raconté toute cette histoire aux détenus de l'atelier d'écriture. La plupart sont des braqueurs, des truands, des assassins. Eux n'ont appris jusque-là que la violence des prisons et des rues. Ce sont de vrais loups dangereux qui ne connaissent rien mieux que les lois de la meute et la cruauté sans limite de ceux qui deviennent des seigneurs.

Ils m'ont écouté sans m'interrompre une seconde et calmement ils m'ont dit : « René, tu n'as pas trente-six solutions, ces gens-là ne comprennent qu'un langage, les coups. Quoi que tu fasses, tu seras obligé d'en passer par là sinon tu es fichu et ta fille aussi. Ils vont te dévorer. »

En sortant de la prison je savais qu'ils avaient raison. Je vivais avec ma fille sur un navire qui sombrait.

J'ai dû ruminer ça pendant quelque temps et le hasard a fait le reste. Le matin j'accompagnais

Marilou à l'école et, avant de remonter faire un brin de ménage et tenter d'écrire la page suivante d'un roman, je m'arrêtais dans le bistrot de la place et je buvais un ou deux cafés en jetant un coup d'œil sur les titres du journal. Avec ce qui m'arrivait, j'avais de plus en plus de mal à me concentrer sur des histoires imaginaires, celle que je vivais avait envahi mes jours, mes nuits, chacun de mes mots et chacun de mes gestes, et quand j'ouvrais mon cahier pour écrire ce sont ces têtes qui surgissaient sur la page blanche avec un bec de buse planté au milieu du visage et des yeux où dansait la haine.

Comment oublier ce jour d'automne… Je venais de m'installer, col relevé, à la terrasse du bar-tabac, au milieu d'un flot de lycéens qui venaient boire un café en attendant l'heure du premier cours. Ils prenaient du plaisir à faire crisser sous leurs pieds le cuivre des feuilles mortes et ce tapis de feu vivait sous un léger mistral et l'insouciance de leur jeunesse.

Soudain je les ai vus arriver dans un 4 x 4, Karine et l'un de ses frères, sans doute le plus vindicatif. Ils se sont garés devant la pharmacie et se sont avancés. Lui mangeait un morceau de pizza. Quand ils sont passés devant mon guéridon il a froissé son papier gras, et dédaigneusement me l'a jeté dessus en disant à haute voix : « Regarde-moi cette salope ! » Tous les lycéens se sont tournés vers moi. Ils ont fait silence. Beaucoup me connaissaient, leurs professeurs de français leur donnent parfois l'un de mes livres à lire et ils me saluent toujours très gentiment. Ils étaient interloqués, gênés.

J'ai su en une seconde que je ne pouvais pas rester assis. Je savais aussi que cet homme avait vingt ans de moins que moi et tout le vice des combats de rue.

Quand je suis entré dans la salle ils étaient en train d'acheter un paquet de cigarettes. Je suis allé droit sur lui. J'ai attrapé son bras et je lui ai dit : « La prochaine fois que tu me traites de salope… » Sa lèvre supérieure s'est retroussée et il m'a répondu : « Lève ta sale main de là ! »

Mon poing droit est parti comme la foudre, sans que je l'aie vraiment décidé. Ce coup de poing je l'avais donné des milliers de fois dans ma tête depuis un an, en marchant, en conduisant, en me réveillant en sueur au milieu de la nuit. Il contenait tout le poids de mon épaule, de mon corps, de ma rage et des humiliations.

Un crochet qui aurait dû lui arracher la tête. J'ai entendu quelque chose craquer.

Ses yeux lui sont sortis des orbites et il s'est effondré. Il s'est retrouvé à genoux la bouche ouverte et j'ai commencé à cogner avec mes deux poings et mes deux pieds. Il a tenté de fuir à quatre pattes. Je me suis rué sur lui mais la sœur a sauté sur mon dos et comme une furie a essayé de m'étrangler. Nous sommes partis à la renverse au milieu des tables et des chaises qui valsaient. D'un coup de coude dans le ventre j'ai réussi à la décrocher. Je suis parti à la poursuite du frère.

Il s'était relevé, son tricot blanc était rouge de sang. Il a tenté de riposter mais il s'est rendu compte qu'il avait affaire à un fou. Il n'avait jamais dû imaginer une réaction aussi foudroyante de la part d'un homme qui jusque-là avait tout encaissé. Je frappais comme un sauvage et je hurlais. Je hurlais pour ma fille, pour la terreur qui s'était emparée de cette enfant, nos cauchemars. Je frappais et je hurlais et chaque coup donné était plus féroce. Cet homme je voulais le tuer.

En essayant de protéger son visage il est tombé sur le dos. Je l'ai attrapé par les pieds et j'ai commencé à le traîner vers le bout de la place. Dans ma folie je voulais l'achever et le jeter dans le conteneur à poubelles. J'entendais entre ses dents le sifflement rauque de son souffle et de sa peur. Il était plus lourd qu'un cheval mort.

En reculant je me suis pris les pieds dans un fauteuil, j'ai perdu l'équilibre. Il en a profité pour se relever et m'a envoyé un guéridon sur la tête. Je n'ai rien senti. J'étais devenu un autre homme. Tous les lycéens s'étaient écartés en criant. Nous avions renversé la moitié de la terrasse.

Il a couru vers son 4 x 4. En un clin d'œil il revenait sur moi. Il serrait dans ses deux mains une batte de base-ball.

J'ai bondi dans la cuisine du bar-tabac qui fait snack à midi. Quand je suis seul, le patron m'invite souvent à partager son repas et je le regarde nous cuisiner quelque chose. Je savais où étaient rangés les couteaux à viande. J'ai saisi le plus long et je suis ressorti. Les lycéens n'en croyaient pas leurs yeux, les filles plaquaient leurs deux mains sur leur bouche. Tous devaient penser que j'étais la proie d'une crise de fureur meurtrière ou de delirium tremens.

Maintenant nous nous faisions face comme deux gladiateurs sur une terrasse dévastée, lui avec sa batte de base-ball, moi avec mon coutelas. Nous n'avons pas eu le temps de nous éventrer, tous les commerçants alertés par le fracas étaient sortis de leurs boutiques et, le patron du bar-tabac en tête, ils se sont interposés.

Nous avons été désarmés et séparés par une haie d'hommes. J'ai reconnu les coiffeurs, le boucher. Mon adversaire était couvert de sang, ses yeux étincelaient. Comme il ne pouvait plus m'atteindre il a hurlé : « Tu peux quitter la ville, on te coupe la gorge ! » Une grimace horrible déformait son visage. Avec son pouce il a mimé le geste sur son propre cou.

Il est monté dans le 4 x 4 avec sa sœur et ils ont quitté la place en faisant crier les pneus. Les lycéens restaient là, figés. Ils avaient dû rater leur premier cours. Jamais ils ne se seraient doutés que ça pouvait être cela aussi la vie d'un écrivain.

Tout le monde m'a dit : « Fais attention, tu les as humiliés, ils vont vouloir te faire la peau, ils sont cinglés ! »

Je savais qu'ils avaient raison, ça ne pouvait pas en rester là. Mon pantalon et mon blouson étaient déchirés. Je suis remonté chez moi et j'ai décroché le calibre douze de mon père. Toute sa vie il a chassé avec ce fusil acheté à la Manufacture de Saint-Étienne, quand il est mort je l'ai récupéré. J'ai pris deux cartouches de chevrotines dans une boîte en fer de Biscuits Brun et je les ai glissées dans les canons. J'ai ôté la sûreté et j'ai commencé à attendre.

Pendant une heure j'ai tourné dans le salon autour du canapé. Le fusil vibrait dans mes mains. Ce n'était pas la peur mais les nerfs. Le moindre de mes nerfs sautait. J'avais laissé la porte ouverte, je les attendais. Le premier d'entre eux qui franchirait cette porte, sans un mot je le couperais en deux. J'avais souvent chassé avec mon père, je connaissais la puissance des chevrotines pour déchirer le cuir des sangliers.

Soudain j'ai pensé que je devais aller chercher ma fille à onze heures et demie, elle ne mangeait pas à la cantine. Je ne pouvais plus sortir sans arme, j'ai décidé que j'irais avec le fusil. Je savais que c'était de la folie, maintenant que l'engrenage était enclenché l'affrontement était inévitable.

Pas une seconde je n'ai pensé à appeler la police, c'est lui qui était reparti en sang. J'allais traverser la ville avec un fusil... Et Marilou quand elle me verrait arriver, sa terreur n'aurait plus de limites.

C'est alors que j'ai pensé à Max. Max venait de faire douze ans de prison pour un double règlement de comptes dans le milieu des boîtes de nuit et des machines à sous. Il avait eu un second procès pour quelques braquages retentissants, sur cet autre dossier la justice l'avait acquitté faute de preuve. Il avait fréquenté assidûment l'atelier d'écriture durant plus de deux ans, pour rien au monde il n'aurait raté l'une de nos séances et un mois plus tôt, le lendemain de sa libération, il était venu sonner à ma porte. Il m'avait invité dans le meilleur restaurant de Manosque et nous avions repris nos conversations amicales sur les hasards fabuleux de la vie et la beauté insoutenable des femmes. Il avait demandé le vin le plus cher de la carte sans même la consulter. C'était un premier geste pour attraper la liberté. Quand nous nous étions séparés, il m'avait laissé son numéro de portable : « Si tu as besoin de quoi que ce soit, René, n'hésite pas à m'appeler, même au milieu de la nuit. Tu m'as tellement apporté. »

Durant ces douze années d'incarcération il avait tapé tous les jours pendant des heures dans un sac bourré de sciure. Douze ans à scander les coups mats de sa rage. Il était devenu moniteur de boxe, il organisait des combats dans la détention. Ses poings de granit et l'épaisseur de son cou lui avaient valu le surnom de Tyson et un respect sans faille dans toutes les prisons où il avait été transféré.

Max... J'ai posé le calibre douze sur le divan et j'ai composé son numéro.

Il a décroché. Je lui ai dit: « Max, j'ai besoin de toi maintenant. »

Il ne m'a posé aucune question. Une demi-heure plus tard j'ai entendu rugir le moteur d'une grosse cylindrée. Je suis descendu sur la place, il m'attendait en souriant près d'une 1100 Honda, bleu métallisé.

J'allais lui raconter ce qui s'était passé, il m'a interrompu:

— Ne te fatigue pas, quand j'ai entendu ta voix j'ai compris, il faut y aller tout de suite. Ils habitent où?

Il regardait l'état de mes vêtements et de mon visage.

— Au fond de la rue. Ils sont cinq ou six furieux et nous ne sommes que deux.

— On est un de trop, René, m'a-t-il dit en riant, la main posée sur mon épaule, montre-moi leur porte.

Mon cœur a raté une marche.

Nous y sommes allés. J'avais laissé le fusil sur le divan et je ne savais pas s'il était calibré sous sa combinaison de cuir noir. On aurait dit qu'il allait boire un café.

Plus que l'inquiétude d'affronter à nouveau ces barbares, son calme me suffoquait. Avant d'atteindre le bout de l'impasse il m'a même demandé s'il y avait eu de bons textes à la dernière séance d'écriture derrière les barreaux. Il semblait plus intéressé par la prose de ses anciens codétenus que par le nouveau carnage qui se préparait. Mon corps était couvert d'une sueur glacée.

Il a cogné contre la porte et tout de suite Karine est apparue à la fenêtre du premier étage. Lorsqu'elle a vu avec qui j'étais, elle a eu un mouvement de recul. Elle s'attendait à tout sauf à ça. Dans la région tout le monde connaissait Max, sa réputation de boxeur et ses procès que les journaux avaient largement relatés, désignant Max comme l'une des figures montantes du grand banditisme marseillais.

— Dis à tous tes frères de descendre, a dit Max le plus calmement du monde.

Elle a disparu et nous avons attendu un petit moment qui a duré l'éternité. Ils étaient capables de nous tirer dessus de la fenêtre ou de sortir armés jusqu'aux dents. Ça n'empêchait pas les gens de quitter la boulangerie une baguette sous le bras ou de rapporter leurs livres à la bibliothèque municipale. Et tout là-haut, entre deux génoises, la légère robe blanche de la brume laissait apparaître la peau bleue du ciel. Toute la rue devait entendre battre mon cœur.

Max a bougonné quelque chose et a balancé un formidable coup de pied dans la porte. La maison entière a été ébranlée de la cave jusqu'aux tuiles. La tête de Karine a resurgi tel un coucou de sa pendule.

— Si tes frères ne veulent pas sortir, dis-leur bien que s'il manque un seul cheveu sur la tête de mon ami, je vais pas faire d'enquête, je vous balance tous au canal, du plus grand au plus petit, compris ! Un seul cheveu et vous prenez tous la direction du canal !

Pendant plus de deux ans j'avais écouté Max lire à haute voix les poèmes et les chansons qu'il écrivait la nuit dans sa cellule, nous raconter des histoires de boxe ou rire de bon cœur. Il me semblait que j'entendais cette voix pour la première fois. La voix calme et sourde de Max aurait arrêté un train. J'ai levé les yeux.

Le visage de Karine était de cendre et les deux étages de sa maison un véritable sépulcre.

Trois minutes plus tard nous étions assis à la

terrasse du bar-tabac, celle que j'avais dévastée à neuf heures du matin. Elle avait retrouvé sa disposition accueillante qui séduit les touristes dès qu'ils débouchent sur cette place de Provence entre trois maraîchers et une fontaine où se baignent des pigeons aux plumes mauves et vertes.

En posant sur la petite table de marbre les deux 51 que nous avions commandés, le patron m'a murmuré avec un petit sourire entendu : « Je crois que tu ne risques plus rien... » Lui aussi lit les journaux et je sais qu'il a été un peu voyou dans sa jeunesse, comme tous les patrons de bistrot ici. Puis il s'est adressé à Max avec beaucoup de déférence : « Il m'a étonné, l'écrivain, je croyais qu'il n'était bon qu'avec un stylo, je crois qu'il est encore meilleur à la châtaigne. Ça m'a donné envie de lire ses livres. Il a tout cassé chez moi mais il m'a fait plaisir... Un énergumène ! » Il s'est éloigné avec son plateau en répétant le mot : « Un énergumène ! »

Un instant plus tard il nous offrait sa tournée et je n'en revenais pas d'être là, paisiblement installé dans un parfum d'anis après un cyclone. C'était comme si j'arrivais dans une petite ville étrangère, hospitalière et douce, et que cette année de cauchemars, de violence et de haine n'avait jamais existé.

Le soir même Max est revenu à la maison. J'étais en train de cuisiner, Marilou regardait *Croc-Blanc* pour la vingtième fois dans le salon. Il m'a demandé si le reste de la journée avait été calme et, après avoir poussé légèrement la porte de la cuisine, il a sorti de sa poche un petit pistolet chromé.

— C'est un .22, m'a-t-il chuchoté, je pense que tu ne risques plus rien mais on ne sait jamais, pendant un mois ou deux reste sur tes gardes. Tu sauras t'en servir ?

J'ai pris l'arme. Elle était compacte et douce.

— J'ai fait mon service militaire, je pourrais le démonter les yeux fermés. Tous les quinze jours on allait au stand de tir, pistolet mitrailleur et automatique, avant de les rapporter à l'armurerie il fallait les démonter, les nettoyer, les graisser. On s'amusait à le faire les yeux bandés.

— Parfait, je t'ai apporté deux chargeurs, ne mets pas plus de sept balles, ça fatigue le ressort. Fais gaffe quand même, il est petit mais c'est une arme de tueur.

J'ai invité Max à partager la pizza que j'étais en train de préparer et j'ai ouvert ma meilleure bouteille de rouge, un bourgogne qu'un propriétaire m'avait offert lors d'une fête du livre et que j'avais gardé pour les grandes occasions. C'en était une.

J'ai rangé le .22 dans un tiroir et nous sommes passés à table. Marilou regardait timidement ce grand gaillard souriant et un peu emprunté, après tant d'années derrière les barreaux les gestes les plus simples sont plombés. Il était plus à l'aise dans la violence et les coups qu'une fourchette à la main. Je voyais qu'elle n'en avait pas peur. Les enfants comprennent tout. Elle avait senti à mon attitude que c'était un ami. Il y avait quelque chose de puissant et de protecteur dans le regard de cet homme. J'ai dit à Marilou :

— Tu n'as plus à avoir peur de ces gens dans la rue, ils ne nous embêteront plus, Max est allé les voir, c'est fini, on pourra sortir tranquilles comme avant.

Je n'ai pas eu besoin de lui en dire plus, pendant tout le repas elle l'a observé avec un respect teinté de tendresse. Puis elle est allée chercher dans le frigo le dessert qu'elle préfère et elle le lui a tendu, un Marronsuis.

Nous avons tous les deux éclaté de rire.

Elle lui a dit : « Quand tu ris tu ressembles à l'ami de Croc-Blanc. » Alors nous avons ri de plus belle. Moi j'ai ajouté que plié en deux, comme ça, il me faisait penser à Croc-Blanc lui-même.

Elle est allée voir la fin de la cassette ; avec Max nous avons bu une ou deux poires dans la cuisine. Je lui ai dit que j'étais heureux, cela faisait si longtemps que je n'avais pas vu ma fille aussi détendue, légère, comme si les griffes de l'angoisse dans son ventre commençaient à s'ouvrir.

— S'ils ont deux sous de jugeote, m'a-t-il répondu, ils vont prier pour qu'il ne t'arrive rien, sinon ils vont se retrouver dans les turbines de l'usine électrique et tu les verras apparaître dans ton ampoule. Ils devraient même veiller sur toi à l'avenir.

Quand il est parti j'ai regardé les dernières images du film avec Marilou, elles me donnent toujours envie de pleurer, ce soir-là encore plus, puis nous sommes allés nous coucher.

Elle s'est blottie contre mon dos. Son souffle était plus calme. Pour la première fois depuis de longs mois, je me suis laissé glisser jusqu'au matin avec mon enfant sur une pirogue de silence et de paix.

2

Je garde des jours suivants un souvenir de douce lumière et d'insouciance. L'automne n'avait jamais été si calme, si bleu. Si flamboyantes les collines où nous retournions goûter avec Marilou le mercredi dans des cabanes de branchages que nous construisions contre le tronc des plus grands chênes, comme nous l'avions fait depuis ses premiers pas sous les feuillages de chaque saison. Adossés à ces arbres à la peau d'éléphant, je lui chuchotais des histoires de nains, d'elfes, d'écureuils, et nous regardions au loin dans la plaine les villages disparaître sous la fumée de quelque feu allumé au bord des champs ou sous ces draps immobiles de brume qui annoncent les ultimes soirs très doux. Les monstres et les sorcières avaient disparu de mes contes et dès que le soleil quittait les vallons elle prenait ma main et nous rentrions, à travers des vignes rouges, dans notre cuisine boire un grand bol de chocolat.

Certes je ne sortais pas sans glisser dans la poche de ma veste le pistolet de Max. De ma main gauche je tenais la petite main chaude de ma fille, je sentais dans l'autre, au fond de ma poche, le contact rassurant et glacé de la crosse métallique.

J'ai pris l'habitude d'exécuter deux gestes simples, prudents. Avant de quitter l'appartement je faisais jouer la culasse et engageais une balle dans le canon. Dès que nous rentrions je retirais le chargeur et dissimulais le .22 sous mes piles de chaussettes au cas où Marilou serait allée fouiller dans les tiroirs de la commode. J'accomplissais ces gestes avec beaucoup de discrétion, la vue de cette arme aurait fait resurgir chez elle l'inquiétude et la peur.

Elle avait remarqué comme moi que, lorsque nous croisions maintenant les frères de Karine dans la rue, furtivement ils changeaient de trottoir et se débrouillaient pour regarder ailleurs. Fini les insultes, les crachats. Ils n'avaient plus de regard.

Je restais malgré tout sur mes gardes comme me l'avait conseillé Max, l'un d'entre eux pouvait boire et en oublier ma nouvelle puissance de feu. Je savais leur rancune tenace.

Lentement Marilou réapprivoisait la ville. Entre midi et deux elle descendait jouer un peu sur le seuil de l'immeuble. Régulièrement elle levait les yeux et je lui faisais un petit signe de la fenêtre. Elle ne s'aventurait pas sous l'ombre rousse des platanes. Il faut attendre presque Noël pour que toute la place apparaisse entre les branches entièrement nues. Son territoire s'arrêtait à la fontaine mais je voyais qu'elle scrutait encore toutes les trente secondes le bout de l'impasse où avait grandi le cauchemar.

Nous avons repris nos balades dans la ville et après l'école nous allions faire du roller sur l'esplanade de la poste, où des dizaines d'adolescents bondissent en équilibre sur des planches qu'ils saisissent au dernier moment dans leurs mains. Fascinée, elle les regardait voltiger entre des gradins de béton, des rampes et des bancs publics, et j'étais heureux que la jeunesse ne lui fasse pas peur.

Quand les pies s'abattaient sur les toits et les arbres, nous revenions épuisés, toujours main dans la main, oui, heureux.

Un matin j'ai croisé le commissaire de la ville,

il m'a serré la main un peu longuement, j'ai senti qu'il avait envie de me parler. Le patron du bar-tabac lui avait raconté l'extravagante scène de western. Il m'a demandé si je ne craignais pas les représailles. Je lui ai dit quel ancien détenu était intervenu. Il a hoché la tête en avançant les lèvres en signe de respect, presque d'admiration. En une seconde il avait soupesé mes adversaires et mon protecteur, de toute évidence ils ne boxaient pas dans la même catégorie.

— Vous avez frappé à la bonne porte, je pense que vous ne serez plus embêté. Tout le monde n'a pas la chance d'aller travailler en prison…

Et il a ajouté :

— Voyez-vous, je suis policier, je ne devrais pas vous le dire, à votre place j'aurais fait pareil.

Je me suis demandé à quoi cela servait d'être policier si pour les cas graves on devait faire appel à des voyous…

Max passait me voir, surtout en fin de semaine, lorsque Marilou partait chez sa mère. Il m'invitait aux meilleures tables de la région ou dans les pires bouis-bouis et je ne parvenais pas à régler une seule addition, d'ailleurs elles arrivaient rarement jusqu'à nous.

Il commandait une seconde bouteille que nous ne finissions pas. Nous grimpions sur sa 1100 et nous filions poursuivre la nuit dans une ou plusieurs discothèques. Partout il avait sa bouteille, sa table, tous les portiers, barmans et videurs le recevaient comme s'il avait été le patron.

Des femmes éblouissantes se déshabillaient en dansant sur des pistes écarlates et leurs corps n'étaient plus vêtus que de rayons laser. C'était pour moi une vie nouvelle, je buvais des wiskies-ananas sous une musique qui me transperçait le crâne et assez ivre il m'arrivait de me retrouver à l'aube dans la chambre d'un hôtel au-dessus d'un port avec Max et deux ou trois jeunes danseuses qui enjambaient leurs strings une bouteille de champagne dans la main.

Cet homme si calme, si réfléchi derrière les murs de la prison, n'hésitant pas à modérer les plus enragés de la détention, et que j'avais vu un après-midi désamorcer une mutinerie parce qu'il y aurait les jours suivants des raisons bien plus solides encore de la déclencher ; ce même homme, libre, ne savait plus comment faire pour rattraper les années perdues. Il vivait avec excès chaque instant, mangeait avec excès, buvait avec excès, pilotait avec excès, séduisait avec excès et, lorsqu'il m'entraînait dans les casinos d'Aix ou de Bandol, il jetait son argent sur les tapis jusqu'au dernier centime.

Son argent... Je le soupçonnais de posséder quelques machines à sous dans les bars de la région. Je ne lui posais aucune question, des machines à sous encouragées dans les casinos et qui devenaient immorales dans les petits bistrots...

Max semblait prêt à tout pour rattraper ces douze années, aucune limite ne l'arrêtait et cet être devenu excessif, boulimique, un peu fou, en était par là même presque fragile, attachant.

Je pensais souvent en l'observant à *Luke la main froide*, ce film magnifique que j'étais allé revoir plusieurs fois. L'indéfinissable sourire de Paul Newman détenu irréductible. Max était comme l'atmosphère de ce film, de ce sourire : énigmatique, sans concession. Et je savais que son charme venait de cette violence contenue, de cette folie.

Pourtant, lorsque nous étions attablés tous les deux dans un paisible restaurant, c'est toujours vers l'atelier d'écriture qu'il revenait, comme si les milliers d'heures qu'il avait passées là-bas, penché sur son cahier dans le silence de sa cellule ou à écouter d'autres détenus lire leurs textes dans notre petite salle du bâtiment D, juste au-dessus de l'ancien quartier des condamnés à mort, comme si ces heures demeuraient dans le secret de sa mémoire les plus précieuses, oserais-je dire les plus lumineuses.

C'est cela qu'il venait chercher lorsqu'il sonnait chez moi le samedi soir, parce qu'il savait que chaque matin j'ouvrais mon cahier d'écolier pour effectuer ce bien étrange voyage et que chaque semaine je retournais là-bas, partager avec une poignée d'hommes une liberté qu'il avait du mal à trouver sur les tapis verts, les pistes de danse fouettées de lumière et dans chaque virage où il jouait sa vie. Max était sorti de prison, il restait prisonnier de ses propres fantômes.

Il me demandait : « Et Yves, il écrit toujours à Mathilde ? »

Yves avait comme lui fait le tour des centrales et des maisons d'arrêt. Seul depuis la mort de sa mère, sans parloir, il avait tellement désiré recevoir une lettre de femme qu'un soir il s'était écrit : « Mon cher Yves… » et il avait signé « Mathilde ». Chaque jour par la suite il écrivait à Mathilde qui lui répondait. La lettre faisait le tour de la prison et un surveillant la lui rapportait. Chaque lettre illuminait sa cellule, Mathilde lui racontait sa vie, ses voyages, ses rencontres… Yves était tombé amoureux d'un rêve, d'une hallucination. Il nous en parlait comme d'autres évoquaient leur maîtresse, leur épouse. Il était sans doute de tous le plus fou d'amour. Mathilde, tout le monde avait fini par la voir et sans oser l'avouer chacun enviait un peu Yves de vivre une aussi folle passion. Et moi qui pouvais faire dehors les plus troublantes rencontres, il m'arrivait de l'envier aussi.

Nous parlions aussi de Paul qui avait créé un journal aux Baumettes, *Le Monte-Cristo*. Paul purgeait une peine de trente ans de prison. Marié, père de deux petites filles ravissantes, il avait monté une entreprise avec son ami d'enfance. Paul était heureux et son entreprise prospère. Son ami d'enfance et son épouse étaient les deux piliers de sa vie, il les aurait laissés partir ensemble sur une île déserte et il était tombé un jour sur une lettre d'amour. Les deux piliers de sa vie s'aimaient secrètement depuis des années. Il avait tué cet homme, découpé le corps, à l'aide d'une égoïne d'abord puis à la tronçonneuse, et dispersé les morceaux aux quatre coins de Marseille. Trente ans de prison.

Paul attendait que tout le monde ait lu son texte pour ouvrir timidement son cahier. J'avais rarement vu un regard aussi doux. Il était bien le seul ici à ne pas être un voyou. Personne ne venait le voir, même pas ses deux filles, leur mère leur avait dit qu'il était un monstre. Les mille six cents détenus l'appelaient « l'égoïne » en le croisant dans les couloirs, et lui répondait gentiment. Pendant trente ans il allait tourner dans les cours avec ce surnom « l'égoïne », en attendant une lettre de ses filles qui n'arriverait peut-être jamais.

Il nous arrivait aussi dans ces restaurants de retrouver nos fous rires avec Max. « Et le grand Dudu, me demandait-il, ils ne l'ont pas encore transféré dans un couvent ? »

Le grand Dudu était un dingue des photos pornographiques. Il m'avait demandé de lui en rentrer quelques-unes parce que les surveillants gardaient pour eux toutes celles qu'il se faisait envoyer par la poste. Un jour que je lui en apportais, dissimulées dans mon cahier, le nouveau directeur présent à la fouille m'avait demandé d'ouvrir mon cartable. Il avait feuilleté mon cahier et toutes les photos couleurs sur papier glacé avaient glissé sur la table. Une femme entièrement nue, cuisses ouvertes, se masturbait avec un énorme concombre. Le directeur avait changé de couleur. Il m'avait demandé : « Qu'est-ce que c'est ? » J'avais répondu : « Mon épouse. » « C'est la dernière fois que je tolère une chose pareille ! » m'avait-il aboyé en les confisquant, rouge de confusion devant des surveillants qui se détournaient en pouffant.

Et tout l'atelier d'écriture était tordu de rire, un quart d'heure plus tard, lorsque j'avais raconté cette histoire. La tête du directeur… Et celle du grand Dudu qui m'avait dit anéanti : « Elle avait des gros nichons ? »

Quand nous étions plusieurs près d'un comptoir, Max me disait : « René, raconte-leur le coup de l'entrecôte. » Et je racontais comment un jour j'avais dissimulé pour l'un d'eux, qui n'en avait pas mangé depuis cinq ans, une belle entrecôte dans mon slip. Un peu trop épaisse et lourde pour l'élastique sans doute fatigué de ce slip. La fouille franchie, j'avais senti l'entrecôte basculer sur le côté puis glisser sur ma cuisse. J'avais plié les genoux pour la coincer, puis longé l'interminable couloir des Baumettes les jambes toujours pliées, mon cartable traînant par terre. Tous les surveillants se retournaient.

Là, devant un public de voyous et de femmes

juchées sur de hauts tabourets je mimais, accroupi, ma ridicule progression à travers la prison avec cette tranche de bœuf qui m'échappait et la grimace de la sainte qui a la colique et fait tout pour le dissimuler.

J'ai pris l'habitude d'entendre rugir le samedi soir la Honda de Max sur la place. Il montait l'escalier en courant.

Ce soir-là il a posé sur la table de la cuisine une caisse de six bouteilles de champagne.

— Je viens d'avoir une idée, René, m'a-t-il dit en débouchant la première, une idée ficelée pour nous deux. Tu élèves ta fille et, d'après ce que j'ai compris, les livres c'est loin d'être la sécurité, il paraît que les gens lisent de moins en moins. Voilà ce que je te propose : depuis quelque temps sous tes fenêtres je lis ce petit panneau, tu l'as sans doute vu : « À vendre fonds de commerce », ça ne peut pas être mieux situé. Tu as l'impression que la boutique ne marche pas ?

— Les fringues, tu sais, il y en a partout, il y en a trop…

— Les fringues je suis d'accord, mais des restaurants ?… De bons restaurants ?

— Ma foi… Je ne me suis jamais posé la question.

— Moi si ! Des restaurants sur ta place il n'y en a qu'un, il tourne tellement que chaque fois que nous y allons il faut attendre une heure. Des petites places aussi charmantes que celle-ci, il n'y en a pas deux dans la région. Avec tes livres tu connais un monde fou, des profs, des libraires, des intellos et tous les politiques, moi je suis du métier, si on s'associe on casse la baraque, René !

J'ai éclaté de rire.

— Tu veux ouvrir un resto avec moi ?

— Avant d'aller en prison j'ai appris un métier comme tout le monde, pendant cinq ans j'ai été cuisinier et je te prie de croire que mes lasagnes et mes cannellonis, on venait les manger des cinq départements.

— Tu te remettrais aux fourneaux ?

— Qui te parle de ça ? Toi tu remplis le restaurant, le restaurant d'un écrivain c'est pas banal, moi je m'occupe de tout, personnel, commandes, comptabilité, tout. J'y ai bien réfléchi, René, nous sommes complémentaires, tu as le contact, j'ai le métier, aujourd'hui il n'y a plus que ça, la complémentarité.

J'étais perplexe. Une telle proposition personne ne me l'avait faite.

— Non, Max, je n'aurais pas le temps, j'écris, je cours souvent dans les lycées pour parler de mes romans, il y a les prisons, ici je fais le ménage, la cuisine, bref j'élève ma fille, je ne peux pas être en plus commerçant.

— Justement ! Plus de cuisine, en bas tu es chez toi, tu descends avec ta fille et vous mettez les pieds sous la table.

— Je ne vais pas l'élever dans un restaurant.

— Si tu préfères manger ici, on te montera les plats.

Je n'avais pas une envie folle de me lancer dans une telle aventure mais vu sous cet angle... Je n'avais jamais trop brillé devant ma cuisinière et depuis que la mère de Marilou était partie c'était souvent omelette, poisson pané, purée en sachet. Quand des copains débarquaient à l'improviste, je disais : « Plateau télé ! » C'était tous les soirs plateau télé.

Ma foi... J'ai un peu réfléchi, pour l'équilibre alimentaire de ma fille ce n'était pas une mauvaise idée. Et puis, si j'ouvrais un restaurant avec Max, je pourrais dormir tranquille. Ça valait deux pelotons de gardes mobiles. Lentement Marilou retrouvait son sommeil, son sourire, sa joie. Ce sourire je le devais à Max. Rien ne comptait plus pour moi que le sourire de ma fille.

Trois boîtes de nuit et dix wiskies-ananas plus tard, j'ai accepté.

— Je m'occupe de tout, René ! Toi tu es l'écrivain, tu nous trouves un joli nom pour le resto, comme un titre de roman. Tu as de très bons titres. Donne envie aux gens de venir manger chez nous. Ce resto, René, c'est la meilleure affaire de ta vie, c'est ta retraite !

Il m'a déposé sur la place, devant notre futur établissement, les platanes et la fontaine tournaient un peu vite. Le nom s'est imposé tout naturellement. Le jour se levait. Les chevaux gris et rouges des nuages couraient vers l'horizon, les façades étaient roses, les vitres étaient en cuivre. Je lui ai dit :

— Regarde comme c'est beau ! On l'appellera Côté Place.

— Tu es le plus grand écrivain que je connaisse !

— Tu en connais d'autres ?

— Non.

Durant les deux mois qui ont suivi j'ai compris comment Max était devenu le meilleur boxeur des prisons. Lorsqu'il grimpait sur un ring, n'importe quel ring, il allait jusqu'au bout. Une énergie, une volonté et une intelligence que l'on rencontre rarement chez les voyous que l'argent facile et la paresse détériorent.

Je venais de recevoir coup sur coup deux sommes d'argent substantielles. Un producteur de cinéma avait acheté les droits de mon roman *Où se perdent les hommes*, et *Elle danse dans le noir* venait d'obtenir le prix Paul Léautaud grâce au soutien acharné et affectueux de Louis Nucera.

Ce récit me permet de saluer un écrivain qui vécut au cœur de toutes les intrigues, connivences et petites combines parisiennes sans trahir jamais un ami ni ses convictions littéraires. Si j'avais le temps, je parlerais aussi de sa tendresse presque déraisonnable pour les chats et de sa passion pour Suzanne. Le jour où Louis s'est envolé avec son vélo, tous les chats de la terre ont perdu un ami. J'étais aussi triste que les chats. Je pourrais évoquer pendant des heures la douceur inquiète de Louis quand il me parlait de Suzanne et des chats mais je m'égarerais. Je veux que le galop de ce livre me mène droit à cette extravagance :

comment décide-t-on un beau jour de supprimer un homme.

J'utilisai donc cet argent pour acheter le fonds de commerce que Max avait fait dégringoler de moitié. Ce charme un peu canaille et ce sourire énigmatique qui le rapprochait tant de Paul Newman avaient dû opérer.

Il ne s'est pas contenté de sourire, il a tombé la chemise, et pendant deux mois je l'ai vu démolir des cloisons, déplacer un mur maître, couler une dalle, carreler, construire un comptoir, aller vider des tonnes de gravats. De le voir aussi blanc de poussière et ruisselant douze heures par jour, heureux avec quelques amis qui venaient l'aider après leur travail et décapsulaient des bières entre chaque gâchée, j'étais persuadé qu'il ne retournerait pas en prison. Certains de ses amis en sortaient justement de prison, il les mettait le jour même au boulot.

Je me suis tout de même occupé seul de la décoration. Je ne tenais pas à retrouver sur les murs des footballeurs et des femmes à poil.

J'ai réussi à créer une atmosphère chaleureuse, terre cuite avec cabochons bleus au sol, murs abricot. J'ai laissé Max recouvrir le comptoir de miroirs, ça donnait à la salle une profondeur et les femmes installées sur les tabourets montraient leurs jambes deux fois.

Le jour où nous avons inauguré Côté Place, Max est arrivé avec trois danseuses brésiliennes d'une vingtaine d'années. Je lui ai dit : « Ce n'est pas une boîte de nuit, j'ai fait venir tout le gratin. » Elles avaient de grandes valises et se sont déshabillées dans la cuisine, au milieu des sauces fumantes. Lorsqu'elles ont fait vibrer leurs jeunes seins, leurs fesses et leurs plumes entre les tables, les yeux sortaient des têtes. J'ai trouvé le spectacle un peu osé, presque vulgaire, il y avait de très beaux tableaux aux murs, les terres bleues de chez nous, des villages rouges semblables à Venise, de lointaines coupoles.

Tout le monde en a redemandé, même les femmes, j'ai laissé mes propres yeux s'avancer un peu hors des orbites. Je ne sais pas où il les avait dénichées ces fesses café au lait agitées par une frénétique samba, elles ouvraient l'appétit et on peut dire que l'ambiance durant les mois qui ont suivi n'est jamais retombée. Comme si les clients revenaient chercher le fantôme de ces trois silhouettes de feu.

Le lendemain il y avait la photo dans le journal et tout le monde a associé Côté Place à un moment de détente et de plaisir. Nous avons dû embaucher deux nouvelles serveuses dès les beaux jours et j'ai commandé trente fauteuils en toile de plus pour la terrasse. La valse des moules farcies, saumon mariné et aubergines à la parmesane a commencé.

Le matin j'accompagnais Marilou à l'école puis j'ouvrais Côté Place. Ouvrir un restaurant qui m'appartenait… Moi restaurateur… Quelle étrange facétie du hasard. Avant que le cuisinier n'arrive je buvais mon premier café dans un verre, à la marseillaise, en écoutant les Gipsy Kings.

Durant toute ma vie je suis allé boire un café chaque matin au gré de mes voyages et des villes où j'habitais. J'aime la lumière blonde et fraîche de cette heure sur les palmiers d'un port, une place ou au milieu des fruits et légumes d'un petit marché. Maintenant ce café je le buvais chez moi, seul parmi les chaises perchées sur des tables, derrière un comptoir, et je pouvais l'arroser de n'importe quel alcool, et si j'avais ouvert la caisse enregistreuse personne ne m'aurait rien dit, c'était ma caisse, je pouvais y prendre une poignée de pièces et aller les dépenser.

Durant la journée j'écrivais mes romans et je m'occupais de ma fille, elle commençait à ramener des devoirs. Au dernier moment je descendais à Côté Place prendre le plat du jour.

Les samedis et dimanches après la fermeture, Max passait en cuisine et nous préparait, un verre de rouge à la main, ses spaghettis, gnocchis ou tagliatelles...

— Comme lorsque j'étais là-bas, me disait-il, avec trois suppléments de cantine toute la détention salivait, surveillants compris. Quelques oignons, des tomates, une pincée de thym, trois feuilles de laurier, un filet d'huile d'olive et un bon fromage râpé. Les types auraient repoussé une évasion pour dévorer mes pâtes.

Nous nous installions toujours à la même table ronde près du comptoir et on se pourléchait, seuls jusqu'à une heure avancée de la nuit. Ensuite Max revenait vers l'atelier d'écriture ; je montais souvent chez moi chercher mon cahier et je lui lisais comme je l'avais fait pendant des années les derniers rebondissements des aventures qui avaient peuplé ma semaine. Il me disait :

— Je préfère les voyous de tes romans à tous ceux que j'ai rencontrés, tu rends humains ces troupeaux de chacals et de vautours.

— Tu en as fait partie, Max.

— Ne te trompe pas, je suis comme eux, un grand fauve cruel.

— Sauf lorsque tu prépares tes pâtes. On ne peut pas faire de mal quand on fait revenir des oignons.

— C'est ceux qui sont sous la terre qu'il faudrait faire revenir…

Parfois nous discutions ainsi tous les deux jusqu'à ce que l'aube glisse sous les feuillages de la place ses premiers reflets mauves, et j'étais loin de me douter que la paix amicale de ces nuits annonçait une tout autre tempête.

Lorsque j'étais enfant à Marseille, pour rien au monde je n'aurais manqué la séance du dimanche après-midi dans le petit cinéma de mon quartier. J'ai vu, dans cette salle où venaient rêver les petits et les grands, les plus beaux westerns. Ceux de John Ford d'abord, *Le Massacre de Fort Apach*e, *La Chevauchée fantastique*… Ce silence extraordinaire qui annonce la tragédie… Une file de cavaliers s'avance dans la plaine entre des rochers rouges aussi hauts que des tours. Tous scrutent ce paysage lunaire, l'inquiétude est sur chaque visage. L'un d'eux dit : « Je n'aime pas ce silence, on n'entend plus les oiseaux. » C'est pour cet instant suspendu que je venais chaque semaine m'enfoncer dans l'un des fauteuils pourpres du Savociné.

La salle entière retenait son souffle, la musique s'amplifiait et je savais que j'allais voir surgir des Indiens couverts de peintures, de plumes et d'insolence, de magnifiques cavaliers sauvages qui me terrifiaient. Mes préférés étaient les Sioux, les plus irréductibles.

Durant ces nuits avec Max, alors que la ville dormait, nous vivions sans le savoir ce moment de calme anormal qui précède comme dans les westerns quelque déchaînement impitoyable, mais les fantastiques Peaux-Rouges de mon enfance allaient se réduire à un petit homme en noir agité d'une sombre haine.

3

Le 17 février je me suis levé à six heures. Je devais aller rencontrer des classes de seconde au lycée L'Empéri de Salon-de-Provence. Je vais dans cet établissement depuis une dizaine d'années, je tutoie tous les professeurs de français et les élèves me reconnaissent dans la cour d'une année sur l'autre, c'est toujours une très agréable journée, mon humeur était radieuse. J'aime traverser des villages qui s'éveillent sous une brume d'or. J'ai préparé un bon café et je suis allé prendre ma douche.

Quand je suis sorti de la salle de bains quelqu'un a sonné. Une lueur gris-rose sculptait les plateaux de lavande encore plongés dans les ténèbres. J'ai décroché l'interphone et j'ai dit :

— Oui ?

— C'est la police, ouvrez !

J'ai appuyé sur l'ouvre-porte en pensant que

j'avais encore mal garé ma voiture la veille et que la fourrière l'embarquait. J'allais être en retard.

J'ai entendu une cavalcade dans l'escalier. J'ai ouvert la porte de mon appartement, quatre hommes étaient là sur le palier, deux civils et deux gendarmes en uniforme. Le plus grand m'a dit :

— Commission rogatoire du juge Second, à partir de maintenant vous êtes mis en garde à vue.

Il a regardé sa montre et a noté quelque chose sur un carnet. L'autre gendarme m'a passé les menottes, je n'avais pas fini de m'habiller. Je leur ai dit : « C'est à cause de ma voiture ? »

Ils ne m'ont pas répondu et se sont engouffrés dans l'appartement. Alors seulement j'ai pensé que Marilou était chez sa mère, c'était une chance inouïe qu'elle n'assiste pas à ça.

Pendant que l'un d'eux me surveillait, les trois autres se sont mis à fouiller partout. Ils démontaient ensemble une pièce après l'autre, d'abord ma chambre puis la cuisine, le salon. Ils ouvraient tous les tiroirs, soulevaient les piles de linge, déplaçaient la vaisselle, enfonçaient leurs mains dans les poches de mes vestes et blousons, palpaient le dessus des armoires puis se mettaient à quatre pattes pour scruter sous chaque meuble. J'ai été soulagé de penser que j'avais rendu le petit calibre à Max quelques mois plus tôt. Ils m'ont demandé d'où venaient le fusil de chasse et toutes les cartouches. Je leur ai expliqué qu'il avait appartenu à mon père. Ils m'ont fait remarquer que je n'avais pas le droit de détenir une arme qui n'était pas déclarée.

Dans chaque pièce, ils prélevaient des documents qu'ils entassaient dans un sac. Quand ils sont entrés dans la chambre de Marilou, je leur ai dit : « Vous n'allez pas foutre le bordel dans la chambre de ma fille ? »

Sans un mot ils ont poursuivi leur travail. Ils pressaient sous leurs doigts jusqu'à la plus petite peluche qui est un minuscule chat noir aux yeux bleus.

Ils m'ont dit : « Prenez les clés du restaurant et celles de votre véhicule. »

J'ai demandé si je pouvais prévenir le lycée que je ne viendrais pas. Ils ont accepté. J'ai composé le numéro, le concierge a décroché, je lui ai expliqué que plusieurs classes m'attendaient mais que je venais d'être mis en garde à vue. Il a fait : « Ah... ».

Nous sommes descendus. Le jour s'était levé. Il y avait plusieurs voitures de police et des uniformes autour de la fontaine.

J'ai ouvert Côté Place et la perquisition a repris. Ils m'ont demandé d'éclairer toutes les pièces, salle, cuisine, plonge, cave, cagibi. Comme dans l'appartement, un gendarme se tenait près de moi pendant que les trois autres passaient chaque recoin au peigne fin, soulevant la moindre caisse, ouvrant tous les frigos, fours, machine à glaçons.

— Vous pourriez me dire au moins de quoi il s'agit ?

Sans arrêter de glisser leurs mains partout, ils m'ont répondu :

— Vous avez de drôles de relations pour un écrivain.

Depuis un moment je me doutais bien que Max était pour quelque chose dans ce déploiement de forces exceptionnel. Je leur ai dit :

— Si vous m'enlevez les menottes, je vous fais un café.

Ils se sont regardés. L'envie du café a été plus forte que la prudence. J'ai préparé cinq cafés. Nous les avons bus au comptoir. Un policier en civil m'a dit :

— Je peux en avoir un autre ?

Je lui ai répondu :

— Ça va vous énerver, jusque-là tout s'est bien passé.

Ils m'ont remis les menottes mais ça avait détendu l'atmosphère.

Lorsque la perquisition a été terminée, ils m'ont demandé de couper le courant. Je leur ai dit que tout allait pourrir dans les congélateurs. Le policier qui semblait être le chef m'a rétorqué que, pour un bon bout de temps, personne ne viendrait manger dans ce restaurant. Ils ont fermé à clé et les gendarmes ont apposé les scellés.

Deux autres policiers qui n'étaient pas encore intervenus m'ont demandé les clés de ma voiture.

— Pour quoi faire ?

— Nous la saisissons à la demande du juge.

Ils n'ont pas cherché à savoir où elle était garée, ils le savaient. Les commerçants et les employés de mairie commençaient à traverser la place, mes poignets entravés figeaient leur regard de stupeur, très vite ils détournaient la tête, gênés.

Je me suis demandé ce que ce devait être quand on assassinait quelqu'un. Je n'avais même pas volé une poire chez mon voisin.

Les deux policiers m'ont fait monter dans leur véhicule. Nous avons pris la direction de Marseille par l'autoroute, les gendarmes suivaient.

Quand on a plongé vers la Joliette et les ports,

ils ont mis la sirène, sans doute pour m'impressionner, la circulation était fluide.

Ils se sont garés dans la cour de l'Évêché. L'un des deux policiers m'a dit : « Vous allez passer par la fouille et les geôles, ensuite nous vous interrogerons. »

Nous avons emprunté un escalier qui s'enfonçait sous terre. Une énorme grille électronique s'est ouverte et on m'a enlevé les menottes. Nous étions dans une cave profondément enfouie sous les locaux de la police judiciaire. Des murs en béton, quelques ampoules au plafond.

Les deux policiers en civil sont remontés à l'air libre. Dix uniformes m'entouraient. La grille a claqué en se refermant. Ils m'ont ordonné de me déshabiller complètement.

J'ai déposé mes vêtements sur une banque. « Le slip aussi ! » m'a dit un flic. J'étais aussi gêné qu'abasourdi. Je n'avais pas le choix.

— Montre, chaîne, lunettes, absolument tout !

J'ai décroché pour la première fois de mon cou la petite chaîne en or de ma mère. Elle l'avait portée durant toute sa vie, moi depuis le jour de sa mort, le 4 décembre à onze heures du soir.

De penser à ce souvenir de ma mère qu'ils glissaient négligemment dans un sachet en plastique, j'ai eu l'impression qu'elle mourait une seconde fois, j'en ai presque oublié que j'étais nu comme un ver au milieu de dix uniformes dont deux étaient portés par des femmes.

Je n'ai même pas essayé de dissimuler mon sexe derrière mes mains, il était entièrement rentré dans sa coquille.

Comment me serais-je douté trois heures plus tôt, alors que je m'apprêtais à rencontrer des lycéens souriants, que je me retrouverais nu dans une cave hideuse sous la ville où j'avais grandi ? Nu au milieu du Moyen Âge.

Ils ont retourné chacune de mes poches, palpé ourlets, doublures, puis je me suis rhabillé. Les lacets de mes chaussures avaient disparu. J'ai demandé que l'on me rende au moins mes lunettes. C'était interdit, dangereux. « Certains se tranchent les veines avec, a dit celui qui semblait être le chef. Mettez-le à la 11. »

Ils m'ont fait passer sous un portique antimétal et m'ont conduit par le coude le long d'un couloir.

C'était comme dans les prisons où j'allais depuis des années, une succession de cellules, mais là je n'avais pas mon cartable à la main et nous étions sous terre. Ils m'ont fait entrer dans un cachot et ont poussé deux verrous.

J'étais dans un réduit de trois mètres carrés, murs et sol en béton, ni lucarne ni cabinets, juste une épaisse planche scellée pour s'asseoir. La porte était en fer et en verre Sécurit. Le gardien qui allait et venait dans le couloir pouvait voir dans chaque cage.

Je me suis laissé tomber sur la planche et j'ai écouté ce que j'allais entendre pendant plusieurs jours et plusieurs nuits, le cri effroyable des hommes et des femmes qui essayaient de défoncer les portes blindées à coups de poing, de pied. Certains devenaient fous, d'autres voulaient simplement qu'on les emmène aux cabinets.

Au bout d'un moment, ma porte s'est ouverte et les gardiens ont poussé un homme. Dès qu'ils ont refermé, une odeur suffocante a envahi la geôle. L'homme s'est écroulé près de moi et j'ai bondi tant la puanteur que dégageait ce corps était insupportable. Pourtant cet homme n'était pas vêtu comme un clochard ni mal rasé. Cette épouvantable odeur n'était pas celle de la crasse, c'était l'odeur de la peur. Je n'avais jamais senti une telle puanteur au cours de ma vie mais je l'ai reconnue tout de suite, tout le monde l'aurait identifiée, la puanteur que les hommes sécrètent depuis la nuit des temps lorsque la terreur s'empare brutalement de leurs glandes, une sueur forte, épaisse, irrespirable.

Si je devais un jour tout oublier de ces sinistres heures, je ne conserverais qu'une chose, une seule : l'odeur de la peur. On dit que rien ne sent plus mauvais qu'une colonie de manchots. Si, cet homme.

Son visage était boursouflé, malgré la pénombre je distinguais des lèvres et des yeux tuméfiés. Plus que les coups qu'il avait reçus, c'est la terreur qui le défigurait. Dès que des pas s'approchaient dans le couloir, l'effroi agrandissait ses yeux. Il se plaquait au mur. Je lui ai dit :

— Qui vous a mis dans cet état ?

Alors seulement il s'est aperçu qu'il n'était pas seul. Il a sursauté. Sans me regarder il a bégayé : « Eux, la police. »

Je lui ai demandé pourquoi on l'avait arrêté.

— Je téléchargeais des images pédophiles. Ils ont trouvé plusieurs cassettes.

— Pour vous ou pour vendre ?

— C'est ce qu'ils ont dit… Je travaille à la Poste depuis vingt ans.

Ses mots s'effritaient dans l'obscurité. Ce qu'il avait fait était aussi épouvantable que l'odeur. Je me suis demandé si on tabassait tout le monde ici pendant l'interrogatoire. Allais-je sentir aussi mauvais dans un moment ? J'ai commencé à avoir peur. Avaient-ils introduit cet individu pour me mettre en condition ? Ses glandes sécrétaient avec une telle abondance que je n'aurais pu dire où en étaient les miennes. Nous étions pétrifiés dans quelques mètres cubes de peur.

Au cours des ateliers d'écriture beaucoup de détenus m'avaient parlé de ces geôles dans les sous-sols de l'Évêché, de la dureté des gardes à vue, le froid, la faim, parfois les coups. J'avais du mal à les croire. À présent j'y étais, leurs mots revenaient : « Quand tu sors de là, tu es content de te retrouver en prison, on te met aux arrivants et pour la première fois depuis des jours tu dors, comme si tu arrivais à l'hôtel. » Allais-je moi aussi souhaiter le repos de la prison ?

J'ai entendu claquer les deux verrous, un policier a dit :

— Frégni interrogatoire !

En gravissant les marches, je ne savais plus si j'étais là pour viol, escroquerie ou je ne sais quel crime contre nature.

Les policiers qui m'avaient arrêté m'ont amené à l'anthropométrie. Il y avait la queue, j'ai cru reconnaître des visages que j'avais aperçus dans la fumée rouge des boîtes de nuit et les restaurants où nous étions allés avec Max, une barmaid, un portier…

On m'a photographié de face, de profil, assis sur un tabouret à vis. On a pris les empreintes de chacun de mes doigts puis de toute la main. Une femme en uniforme dirigeait mes gestes de l'encre au papier. Quand elle a saisi mon annulaire, je lui ai dit : « C'est agréable, je ne pensais pas que j'allais me marier ce matin sinon j'aurais fait un brin de toilette. » Elle n'a même pas soulevé le coin de sa lèvre, on avait dû lui faire le coup un million de fois. J'ai essuyé mes doigts avec du Sopalin et on m'a remis les menottes.

Nous avons tourné dans un labyrinthe, gravi de vastes marches avant d'atteindre le bureau où j'allais être interrogé, une pièce banale comme on en voit dans tous les téléfilms, tables et armoires métalliques, un ordinateur. Ici il y avait une fenêtre, ils l'ont ouverte en grand, tant le postier pédophile avait déversé sur moi sa puanteur.

La cathédrale de la Major était de l'autre côté de la ruelle, rayée comme un bagnard, la mer était juste derrière… J'entendais la rumeur des hommes, des grues, à peine atténuée par les vapeurs qui arrivaient du large. Si loin les premiers jours de printemps où je venais nager là, dans la passe, au lieu d'aller à l'école. N'importe quel corps de femme étendu au soleil sur la soie blanche de ces roches était plus captivant que toute l'histoire de France. Si loin cette liberté matinale, ces désirs, cette immense lumière. J'étais de l'autre côté de la rue. Se pouvait-il qu'une simple ruelle sépare le bien et le mal, les profondes ténèbres de ces caves et la vibrante lumière de mon enfance ? Se pouvait-il que je sois les deux, la beauté de la mer et la puanteur d'hommes plongés dans le crime et la peur ?

Je me suis assis sur la chaise qu'ils me désignaient, elle était aussi confortable qu'un pal.

Je n'ai appris qu'au fil des heures que j'avais été arrêté par le groupe d'intervention régional. Six hommes m'interrogeaient, deux gendarmes, deux flics de l'antigang, deux de la financière. Le plus gradé s'est installé devant l'ordinateur. Il a tapé mon identité complète, date de naissance, profession… Puis il s'est tourné vers moi.

— Je ne vais pas y aller par quatre chemins, ce matin nous avons arrêté trente et une personnes, toutes plus ou moins proches du grand banditisme. Vous avez ouvert un restaurant avec un truand qui venait de purger une peine de douze ans de prison, nous voulons savoir d'où venait l'argent, où allait l'argent. Faites très attention à ce que vous allez déclarer, depuis trois mois vous êtes sur écoute et des policiers ont suivi le moindre de vos déplacements.

J'étais sans voix, depuis trois mois on me suivait dans les rues, sur les routes, et je ne m'étais rendu compte de rien. J'ai senti sur mon dos brusquement le poids d'une pierre tombale.

— Écoutez, ai-je articulé, ce n'est pas du tout ce que vous croyez, c'est une histoire d'amitié, si vous avez dix minutes je vous raconte tout depuis le début, ça évitera les malentendus.

— Nous vous écoutons, prenez votre temps, nous avons quatre-vingt-seize heures… Le bœuf est lent mais la terre est patiente, a-t-il ajouté en faisant rouler son fauteuil vers moi.

J'avais de la chance d'être innocent, l'homme qui me faisait face était loin d'être un imbécile et j'avais bien entendu quatre-vingt-seize heures…

Le plus calmement possible, je leur ai tout raconté. Mes ateliers d'écriture dans plusieurs prisons, les longs mois de cauchemar, la terreur de ma fille à cause d'une bande de cinglés, la bagarre dans le bar-tabac, l'intervention inespérée de Max, notre amitié, le restaurant, bref, une histoire simple qui n'avait rien à voir avec le grand banditisme.

Ils m'ont écouté sans m'interrompre. Celui qui menait l'interrogatoire a fait glisser son fauteuil vers l'ordinateur.

— Bon, nous allons déjà commencer par là. Il n'en reste pas moins que vous êtes associé à des gens très dangereux. Je veux bien que vous soyez écrivain, vous parlez du diable comme d'un simple voisin.

Durant toute la journée ils m'ont bombardé de questions, montré des photos d'hommes que je n'avais jamais vus et qui n'avaient pas des têtes à sortir premier de l'Ena. Ils m'avaient même photographié avec Max devant une boîte de nuit, un casino.

Je m'en tenais à mon histoire aussi limpide que le ciel après trois jours de mistral, aussi légère que toute vérité, simple comme un instant de vie.

Soudain je me suis aperçu que l'on ne distinguait plus dehors que les dômes clairs de la cathédrale. Ils flottaient telles de géantes méduses sur le ciel noir.

Je leur ai dit :

— Ma fille va m'attendre à l'école, je devais aller la chercher à cinq heures.

— Nous avons prévenu sa mère, m'a répondu un gendarme.

Il devait être minuit lorsqu'ils m'ont redescendu dans les geôles. Avant de m'enfermer, on m'a remis un petit pain au lait qui contenait des miettes de thon, un œuf dur écrasé et une feuille de salade. Je n'avais rien mangé ni bu depuis la veille. J'ai eu du mal à le terminer, dès que j'étais seul je pensais à ma fille et mon ventre se nouait. Depuis quelque temps elle avait retrouvé le sommeil, sa joie de vivre…

Dans la cage il y avait maintenant deux hommes, le pédophile et un grand blond d'une quarantaine d'années. J'avais assez fréquenté les prisons pour savoir au premier coup d'œil que j'avais affaire à un truand. À sa manière décontractée d'étendre les jambes, cet homme était chez lui partout, dans les bars du port et les quartiers disciplinaires.

L'odeur s'était encore épaissie. J'ai dit au colosse blond :

— Il a eu tellement peur.

— J'en ai croisé des types qui avaient peur mais une telle infection, on se croirait au fond d'une poubelle qui n'a pas été vidée de tout le mois d'août. Il faut qu'ils se dépêchent de l'interroger, il se décompose.

Nous nous sommes mis à bavarder, il n'y avait rien d'autre à faire pour tuer le temps. Les coups de pied continuaient à ébranler les portes blindées, les cris de rage et de terreur déchiraient les ténèbres de ces souterrains.

Je lui ai parlé de ma vie d'écrivain, il n'en avait jamais rencontré, je l'ai senti intéressé, il en avait jusque-là des histoires de voyous.

Lui était un aventurier, depuis vingt ans il montait des casinos et des salles de jeux clandestins dans tous les recoins de la planète. Il avait ramassé de gros paquets d'argent, en avait perdu autant. À Phnom Penh il avait ouvert le Rotonde Club entièrement décoré à la française. Vingt professionnels s'occupaient de la roulette, du black-jack et des machines à sous dernier cri fabriquées à Turin. On y servait les plus grands crus. Les généraux étaient dans le coup. Dans les autres casinos de la ville, quand on attrapait un tricheur on le jetait dans un four. Un jour les Khmers rouges avaient attaqué le casino à la kalachnikov, et lui avait juste eu le temps de sauter dans le Mékong. Il était resté planqué quinze jours dans une cabane au milieu des roseaux avant de pouvoir franchir de nuit la frontière du Cambodge. En Albanie, d'autres truands avaient fait sauter ses salles de jeux avant d'attaquer une prison avec un char d'assaut.

J'écoutais cet homme qui avait joué sa vie avec une tout autre roulette et qui en parlait en souriant dans les entrailles de la ville. Je lui ai dit :

— Si on n'était pas là à attendre je ne sais quoi et si j'avais mes lunettes, je commencerais un roman.

— Moi je commence à avoir envie de pisser, m'a-t-il dit en riant.

Il s'est dressé et a frappé trois coups contre la porte. Elle s'est ouverte immédiatement. Il a baissé la tête pour sortir. Même sous terre ça servait de mesurer deux mètres et d'être un vrai voyou. J'ai suivi le mouvement, les chiottes étaient au bout du couloir, il fallait laisser la porte ouverte. J'en ai profité pour boire l'eau tiède d'un tuyau en caoutchouc qui servait à nettoyer le trou.

En revenant, j'ai jeté un œil dans chaque cage pour tenter d'apercevoir Max. La termitière semblait immense, d'autres galeries filaient se perdre dans la nuit. Combien étions-nous, emmurés sous la ville ?

Les gardiens sont venus chercher le pédophile puis le grand blond. J'ai attendu seul quelques heures. Les interrogatoires avaient repris dans les étages, il y avait moins de hurlements autour de moi.

Quand ils m'ont introduit dans la même pièce que la veille, tous les flics étaient penchés sur le bureau. Le chef m'a dit : « Ils n'ont pas perdu de temps, vous êtes déjà dans le journal. » Il me l'a tendu.

L'article tenait toute la page. On ne voyait que moi en gros plan sur une photo.

« L'écrivain René Frégni est parmi les personnes interpellées », disait la légende.

Suffoqué, j'ai lu :

LE GANG DES ALPES DÉMANTELÉ

Cent seize hommes du GIR sont intervenus sur commission rogatoire du juge Second. Une trentaine de personnes ont été appréhendées, dont des célébrités du milieu fichées au grand banditisme ainsi que l'écrivain René Frégni. Dix établissements, des bars, des boîtes de nuit et des restaurants, ont été fermés dans toute la Provence. Les membres de cette équipe très structurée, a précisé le procureur, ont été impliqués dans des règlements de comptes entre truands, des trafics d'armes entre le Liban et la France montés par des CRS assurant la sécurité de l'ambassade de France à Beyrouth, des attaques de fourgons blindés de transports de fonds au lance-roquettes notamment.

Ils semblaient tous aussi stupéfaits que moi.

— Ils ont le droit de me jeter dans la presse comme ça ?

— C'est la première fois que je vois une chose pareille, m'a répondu le grand flic. Nous commençons à peine à vous interroger, c'est ce qu'on appelle une violation de la présomption d'innocence.

— Pour tout le monde depuis ce matin, il ne fait aucun doute que je fais partie de cette bande de truands.

— C'est surtout que l'article ne cite qu'un nom, le vôtre, pas celui des truands.

— Qui l'a donné ?

Il s'est tourné vers ses collègues, a hésité.

— La conférence de presse a été donnée par le procureur... Le juge ne devait pas être bien loin... Je peux vous certifier que ça ne vient pas d'ici, nous n'avons rencontré aucun journaliste.

Ils ont aussi parlé de vous au Vingt heures de France 2.

Pas une seconde je n'ai mis en doute la parole de ce policier, d'un bout à l'autre de la garde à vue il allait être d'une totale correction. Il se contentait de faire son travail, rien de plus, sobrement. J'allais me rendre compte les jours suivants que tous ne possédaient pas la rigueur de cet homme, à l'heure qu'il était je n'avais pas encore vu la tête du juge.

L'interrogatoire a recommencé. La financière avait pris le relais, fini les photos de voyous, les questions sur mes relations avec Max, les réseaux mystérieux de la pègre. Deux inspecteurs étaient passés par ma banque et possédaient tous mes relevés depuis des années. Ils les épluchaient devant moi et je devais m'expliquer sur tel ou tel chèque. Durant dix ou douze heures, la moindre de mes dépenses ou entrées a été scrutée.

Petit à petit ils se rendaient compte que j'avais investi toutes mes économies dans ce restaurant sans en retirer pour l'instant le moindre bénéfice.

Vers le milieu de la nuit, ils m'ont redescendu dans les geôles. Maintenant ils semblaient gênés de me ramener dans cette cour des miracles, ils m'ont dit : « Vous savez, ces caves c'est un service à part, nous ne franchissons jamais ces grilles, quand on tient une vraie canaille on n'a pas de scrupules, mais vous… »

Je lui ai demandé si j'allais récupérer mon bien, le restaurant, ma voiture.

— Pour nous il n'y a pas de blanchiment, vous avez été un peu imprudent, peut-être naïf.

On m'a enlevé les menottes et on m'a tendu le même pain au lait que la veille, thon, œuf, salade.

Avec la nuit le vacarme avait repris. J'étais seul. Le pédophile et le grand blond devaient dormir aux Baumettes. Je me suis étendu sur le sol en béton. J'allais m'assoupir quand on a tiré les deux verrous.

Un homme criait, se débattait, refusait d'entrer dans le cachot. D'autres gardiens sont arrivés en courant, l'ont pris en poids et jeté à l'intérieur.

Il s'est aussitôt plaqué contre le mur. Il regardait vers moi, vers cette masse sombre étalée par terre. L'odeur du postier était encore là, elle cimentait le peu d'air de ce réduit. Je savais que cette odeur allait faire entrer la peur dans le ventre de cet homme. Une peur primitive. Je lui ai dit :

— Vous pouvez vous asseoir sur le banc, je ne dors pas.

Il n'a pas répondu, il fixait cette chose inquiétante qui venait de parler. Sans brusquerie je me suis assis, dos appuyé au mur. Nous sommes restés ainsi un bon moment, il n'avait pas bougé d'un millimètre. Je commençais à voir ses yeux braqués sur moi. J'imaginais ma tête après deux jours et deux nuits de fatigue et de crasse, une tête à dormir dans un cercueil. Soudain il a presque crié :

— Qu'est-ce que vous avez fait ?

Comme si je venais à l'instant de faire quelque chose de très grave. J'ai éclaté de rire.

— Rien, je n'ai pas fait un geste… Vous êtes venu m'interroger ?

Il a senti que ma voix n'était pas agressive.

— Non, je veux dire, pourquoi vous êtes là ?

— J'ai ouvert un restaurant avec un voyou.

— Ah, c'est pas sexuel ?

J'ai encore éclaté de rire, ça me faisait du bien. Il ne devait pas avoir plus de vingt ans. Sans doute un beur.

— Pas un restaurant échangiste, juste un bon restaurant.

— Où ça ?

— À Manosque.

— Je connais Manosque, j'avais une copine là-bas, c'est beau Manosque.

— Et toi, tu es d'où ?

— Frais-Vallon, vous connaissez ?

— J'ai grandi à côté, à Château-Gombert. Je les ai vus construire les uns après les autres les immeubles de Frais-Vallon, quand j'étais petit c'étaient des fermes, des champs, on allait jouer au foot.

— Moi j'y suis né. Chaque fois ils se trompent, mon frère fait une connerie et c'est moi qu'ils viennent chercher. On est jumeaux.

— Qu'est-ce qu'il a fait ?

— J'en sais rien ! a-t-il crié. Moi la nuit je sors pas mais je peux pas dormir alors je regarde des films. Ce matin j'ai entendu des pas sur le gravier, il faisait encore nuit, j'ai jeté un œil à travers les volets, j'ai vu un homme avec une sacoche à la main, il faisait des signes bizarres, j'ai compris que c'étaient les condés. Le temps que j'enfile un pantalon ils filaient des coups de poing contre la porte. J'ai eu juste le temps de sauter sur le balcon des voisins, j'ai entendu la porte craquer, ils l'ont défoncée à coups de bélier.

Il s'est mis à parler vite, sans respirer, il était soudain très agité.

— Quand ils ont vu que j'avais sauté, ils ont défoncé la porte des voisins alors j'ai sauté sur le balcon suivant! Eux ils ont démoli la porte suivante, moi j'ai encore sauté, j'ai l'habitude, je le fais depuis que je suis minot! J'avais juste le temps de les voir, ils entraient comme des fous et ils braquaient tout le monde par terre avec le pompe et moi je sautais! Chaque fois j'entendais la porte exploser, je voyais leurs tronches et hop je sautais! J'habite au sixième étage, on a fait tout le bâtiment, ça criait de tous les côtés! Ils ont massacré toutes les portes! Ils m'ont chopé sur le dernier balcon, y avait plus rien. J'en avais les larmes aux yeux!

Il s'est laissé tomber sur le banc, il avait tout sorti d'un coup, il n'a plus dit un mot. Si l'autre jumeau était pire, on devait souvent changer les portes du sixième étage.

Quelques heures plus tard, ils sont venus le chercher pour l'interrogatoire. Puis deux gardiens sont entrés avec un médecin. Il m'a pris la tension, m'a demandé si ça allait, je lui ai dit que j'avais faim, il m'a répondu par un signe d'impuissance. Il semblait anéanti par ce qu'il voyait, presque terrifié, on avait dû le réquisitionner.

Le temps a passé. Je ne savais plus si c'était le jour, la nuit. Une femme s'est mise à hurler dans la cage d'à côté et elle n'a plus cessé. Une fois ou deux on m'a remonté dans les étages, ça ne durait pas, les policiers rentraient dormir chez eux, ils étaient presque aussi épuisés que moi, épuisées aussi toutes les questions qu'on peut poser à un homme qui ne dort pas.

Quand je redescendais, la femme hurlait toujours, je ne savais pas si elle était très angoissée ou si elle avait mal. Je n'ai même pas essayé de cogner contre ma porte pour aller aux cabinets, j'ai pissé contre le mur comme des milliers de détenus avaient dû le faire. Il régnait là-dessous une odeur de fauve. J'ai pensé que les fauves avaient l'avantage de respirer à travers des barreaux. Notre cirque était sous terre, dans l'ombre du monde, les grands escaliers menaient vers la honte, la trahison, la peur. Depuis trois jours et trois nuits que j'étais là, je n'avais pas dormi un quart d'heure, la faim me dévorait.

Dans les écoles communales de Marseille, on apprenait aux enfants que cet ancien évêché avait été utilisé comme fonderie sous la Révolution. On y coulait des armes avec le métal des cloches des églises et le cuivre qui venait de l'arsenal de Toulon. Maintenant on faisait fondre des hommes dans les entrailles secrètes de ce palais noir.

On est venu me chercher une dernière fois. Je suis passé par le greffe et j'ai retrouvé mes lunettes, mes lacets et la chaîne de ma mère. Les policiers m'ont demandé de signer le procès-verbal, leur travail était terminé, j'allais être transféré à Digne pour être entendu par le juge.

— Qu'est-ce qu'il veut de plus ? Il y a trois jours que vous me cuisinez.

— Vous n'avez rien à craindre, nous n'avons relevé aucun acte constituant un délit, nous vous le répétons, vous avez été naïf, maintenant il faudra récupérer votre argent et le restaurant est fermé…

Un fourgon cellulaire attendait dans la cour. Un peu de neige était tombée durant la nuit, elle n'était blanche que dans les recoins où tous ces hommes n'allaient pas. Quelques gardés à vue enchaînés piétinaient derrière le fourgon, le visage ciré de froid et de crasse.

Le grand flic a dit au chef de l'escorte : « Ce n'est peut-être pas la peine de le faire voyager dans une cage, ce n'est pas un voyou. » L'autre lui a répondu qu'il avait des ordres.

Le policier m'a serré la main et m'a souhaité

bonne chance. Pendant qu'on vérifiait mes menottes il a ajouté : « Vous m'avez donné envie de lire vos romans, vous n'aurez pas tout perdu, vous avez gagné un lecteur. »

En grimpant dans le fourgon je lui ai dit : « Ça ne m'étonnerait pas qu'un jour vous vous retrouviez dans un de mes livres, je fais mon miel avec toutes les fleurs, vous n'êtes pas la pire. »

On m'a poussé dans la dernière cage, les autres étaient déjà occupées, il y en avait cinq ou six. J'ai entendu claquer le verrouillage automatique. J'étais debout dans une espèce de cercueil de métal de cinquante centimètres de côté.

Nous avons quitté la cour de l'Évêché précédés par une voiture de police qui hurlait et traversait la ville à tombeau ouvert comme s'il y avait eu parmi nous les cerveaux de la mafia. Chaque virage nous projetait contre les parois de fer. On nous avait distribué des sachets en plastique pour vomir.

Par un petit judas pas plus large que la main, je voyais défiler les rues puis les banlieues le long de l'autoroute. Après Aix-en-Provence la neige recouvrait les villages, les collines et les champs. Seule la Durance vivait entre deux talus étincelants. J'ai aperçu de loin la tour du Mont-d'Or qui veille sur Manosque ; ma fille était là dans cette corbeille blanche. Que savait-elle ? Sa mère lui avait sans doute dit que j'étais en voyage. Il y avait eu la télé, les journaux… C'est en pensant aux enfants que l'on mesure ce qu'il nous arrive. Si j'avais été seul, cette garde à vue n'aurait pas pesé plus qu'un chapitre de roman. J'en avais vécu pas mal de chapitres depuis mon enfance.

Au-delà de notre petite ville, jusqu'au sommet de Lure, les forêts étaient de cristal et les pylônes s'avançaient bras ouverts comme des christs de métal.

Trois jours plus tôt j'aurais couru dans ces champs avec Marilou, la bombardant de rire, de bonheur et de neige, innocent dans un paysage merveilleux. J'avais sur moi maintenant l'odeur infecte de la honte. Je ne savais pas au juste de quoi j'étais coupable, qui avais-je bien pu faire souffrir ? Pour sentir si mauvais je ne pouvais pas être innocent.

Avec quelques êtres maudits que je ne voyais pas, nous filions dans ces cercueils, réduits à une odeur, à un petit tas de honte.

À perte de vue la lumière semblait sortir de la terre et le ruban noir d'une route allait se perdre où commençait le ciel. La vallée s'est rétrécie jusqu'aux ruelles glacées de Digne. J'ai vomi d'un coup tripes et boyaux.

Le fourgon pénitentiaire s'est arrêté. Une troupe de gendarmes est montée à l'arrière, on a déverrouillé les cages et ils nous ont jeté des couvertures sur la tête. J'ai gueulé que je n'étais pas Dutroux, ils m'ont répondu en m'étouffant que c'était pour les journalistes. Nous nous sommes engouffrés dans le petit palais de justice où j'étais venu divorcer quelques années plus tôt. Avec ma femme, nous avions attendu notre tour sur un banc du jardin entre deux rosiers rouges, c'était aussi paisible et charmant que si nous étions venus nous marier et nous nous étions demandé en riant si tout cela rimait à quelque chose. Je revenais dans ce palais une couverture sur la tête, les poignets entravés, aussi invisible que la honte.

Pendant des heures j'ai attendu assis sur une chaise au bout d'un couloir. Trois gendarmes me gardaient. Des gens sortaient d'un bureau, jetaient un coup d'œil sur moi qu'on avait vu dans les journaux et surtout à la télévision aux infos nationales, un écrivain, peut-être un truand...

Brusquement j'ai eu envie d'aller aux cabinets,

ça ne m'était pas arrivé depuis l'arrestation. Un gendarme m'a accompagné. J'ai eu du mal à baisser mon pantalon à cause des menottes. Je me suis assis sur la lunette et j'ai vu que la porte était restée ouverte, j'ai voulu la fermer mais le gendarme mettait le pied. Je lui ai dit :

— Vous n'allez pas me regarder faire mes besoins ?

— C'est le règlement.

J'ai remonté mon pantalon. Je n'avais plus du tout envie. Je suis retourné sur ma chaise.

Vers huit heures du soir j'ai eu l'impression qu'il n'y avait plus que nous dans ce palais de justice, le couloir était maintenant silencieux, la faim me torturait. J'ai dit aux gendarmes :

— Il est encore là, le juge ? Qu'est-ce que nous attendons ?

— Vous n'avez pas pris d'avocat, vous passerez le dernier.

Quelques minutes plus tard, un homme en robe noire a traversé le couloir un cartable à la main, les gendarmes m'ont dit que c'était un bon avocat. Je lui ai demandé s'il voulait bien me défendre. Il a accepté. Il a pris un moment pour consulter le dossier puis on nous a introduits dans le bureau du juge.

Les gendarmes m'ont enlevé les menottes, ils sont restés debout derrière moi. Sans me regarder, le juge nous a désigné deux chaises et s'est penché sur son dossier.

J'avais devant moi un homme fébrile. Il dissimulait mal le plaisir qu'il avait à se trouver du bon côté du bureau. Il avait une tête ronde, plutôt molle, une tête banale. Si banale et molle qu'il ne l'avait pas rasée depuis quelques jours pour qu'elle soit un peu à la mode ou plus virile.

Cette tête je l'avais vue deux ou trois fois s'encadrer dans la porte entrebâillée du bureau où l'on m'avait interrogé à l'Évêché. Chaque fois que cette tête était apparue, policiers et gendarmes s'étaient dressés comme un seul homme. Lui faisait un petit geste pour que tout le monde se rassoie et que le travail continue sans relâche. Il semblait jubiler. Le patron, l'homme-orchestre, c'était lui.

Il feuilletait fiévreusement mon dossier avec des petites mains aussi molles que ses joues, et j'étais loin de me douter que cet homme insignifiant qui s'agitait devant moi allait dépenser des trésors d'énergie et de perfidie pour me harceler, me torturer pendant des années.

Sans pouvoir l'expliquer, j'ai eu la sensation dès le premier contact que ce juge me détestait.

Soudain, sans lever les yeux, il a dit :

— Reconnaissez-vous avoir blanchi de l'argent ?

— Absolument pas !

Il a bondi.

— Attendez que je vous donne la parole pour répondre !

J'ai regardé mon avocat. Il a fait un petit signe des lèvres que je n'ai pas compris. Le magistrat s'est rassis, a repris son feuilletage compulsif. Après un moment, il a dit :

— Reconnaissez-vous être l'associé, donc le complice d'un homme très dangereux ?

Je suis resté silencieux. Il m'a jeté un regard furtif et il a dit :

— Pourquoi ne répondez-vous pas ?

— J'attends votre autorisation.

Mon avocat n'a pas pu s'empêcher de baisser la tête pour rire, le greffier a détourné la sienne, gêné.

— Répondez ! a hurlé le juge.

Son visage mou était cramoisi.

— Pendant trois jours et trois nuits j'ai expliqué aux policiers pourquoi je m'étais associé à l'un de mes anciens élèves pour ouvrir un restaurant, je crois qu'ils l'ont compris, vous avez tout sous les yeux. Je peux recommencer mon histoire…

— Votre histoire ne m'intéresse pas ! Je ne m'intéresse qu'aux faits.

— Comment voulez-vous comprendre les faits si vous n'écoutez pas les gens ?

— Taisez-vous !

Mon avocat a posé sa main sur mon bras. Le magistrat est sorti de la pièce par une porte latérale qu'il a refermée.

Nous avons attendu de longues minutes, j'étais persuadé que j'allais dormir en prison. J'étais si épuisé que dormir me suffisait.

Il est revenu, s'est installé derrière son immense bureau, a fait semblant de consulter ses papiers, puis solennellement mais sans me regarder davantage il a déclaré :

— Le procureur de la République a demandé votre mise en détention… Le juge des libertés n'est pas de cet avis. Vous êtes mis en examen et placé sous contrôle judiciaire. Vous serez astreint à vous soumettre aux obligations suivantes :

« Interdiction de sortir des limites territoriales du département des Alpes-de-Haute-Provence.

« Interdiction de vous rendre dans le restaurant Côté Place à Manosque.

« Vous vous présenterez de façon spontanée au commissariat de police de la ville chaque vendredi pour signer votre contrôle judiciaire.

« Il vous est interdit de vous livrer aux activités professionnelles suivantes : gérer toute activité commerciale, animer des ateliers d'écriture dans les maisons d'arrêt et centres de détention.

Il m'a tendu un imprimé jaune du ministère de la Justice.

— Si je comprends bien, lui ai-je dit, vous me condamnez à mourir de faim avec ma fille, vous m'interdisez de travailler.

Il n'a rien répondu. Mon avocat m'a dit que je pouvais signer.

Nous nous sommes retrouvés dans le petit jardin du palais de justice, entre les deux rosiers qui ployaient sous la neige, sans menottes, sans gendarmes, sous une vaste nuit froide et pure. La lune portait un masque, seuls luisaient ses yeux d'argent au-dessus des montagnes qui écrasaient la ville endormie.

— Je peux vous déposer à Manosque, m'a dit l'avocat, c'est mon chemin, je file sur Marseille.

— Je vais empuantir votre voiture pour quelques siècles.

— Cette odeur, vous savez, ça fait partie du métier, il y a longtemps qu'elle m'accompagne.

Nous avons repris l'autoroute. Tout me semblait luxueux, le cuir des sièges, le volant, les voyants lumineux, le silence du moteur, la voix de cet homme, la nuit... Je lui ai dit :

— Vous avez remarqué, il ne nous a pas regardés une seule fois dans les yeux.

— Il n'y a rien dans votre procès-verbal, il est plus vide que votre estomac. Après leur conférence de presse et ce déchaînement médiatique, ils étaient coincés, vous vous rendez compte s'ils vous avaient lâché comme ça. Ils ont violé la présomption d'innocence comme je ne l'avais jamais vu... Il ne se passe rien dans cette vallée, ils ont utilisé votre nom, sans vous cette affaire faisait un entrefilet dans les journaux. Regardez le désastre d'Outreau... Certains juges ne se contentent plus d'un pouvoir sans contrôle, ils veulent être célèbres. Vous avez vu dans quel état de rage il était parce que vous ne disiez pas ce qu'il avait envie d'entendre ?... Cet homme a passé sa vie à attendre une affaire Dominici, avec vous il a cru enfin la tenir. Nous allons nous adresser directement au garde des Sceaux… Vous avez sans doute quelqu'un à prévenir ?

Il me tendait son portable.

— Merci, la mère de ma fille.

Dès la deuxième sonnerie, elle a décroché. Malgré notre séparation depuis plusieurs années, j'ai senti à sa voix qu'elle était très ébranlée par mon arrestation. Elle qui s'exprime si bien butait sur chaque mot. Je lui ai expliqué que je venais d'être relâché, elle m'a dit que Marilou était très secouée.

— Tu ne lui as pas dit que j'étais en voyage ?

— Je lui ai expliqué que tu étais parti à Paris mais ses copines à l'école lui ont annoncé que tu étais en prison, elle ne l'a pas cru alors elles lui ont apporté le journal avec l'article et la photo. Tu te rends compte, avec ce qu'ils disaient dans cet article… Depuis deux jours elle est dans un état…

— J'irai la chercher demain à l'école.

— Pour l'instant elle ne veut pas y retourner, elle a pleuré devant tout le monde.

— Bon, je viendrai la chercher chez toi. Elle dort ?

— Je ne crois pas, elle est dans sa chambre.

— Va lui dire tout de suite que tout va bien, je me repose un peu, je me lave et je viens.

L'avocat m'a laissé devant ma porte :

— Essayez d'oublier ces moments difficiles, reposez-vous, je vous appellerai dans quelques jours.

La place était déserte, les pies dormaient dans les platanes comme des boules de Noël.

J'ai jeté un coup d'œil sur le restaurant, il n'était pas illuminé comme chaque soir à cette heure. Les scellés rouges barraient les portes vitrées d'un trait d'infamie.

Je suis monté chez moi, me suis enfermé à double tour, et j'ai vidé le frigo. J'enfournais debout tout ce qui restait sur les étagères, des blinis, de la crème de brie, du roquefort, les derniers petits Nesquik de ma fille, j'ai terminé avec les doigts un pot de confiture de myrtille puis je me suis déshabillé et j'ai entassé dans la poubelle tous mes vêtements, il ne servait à rien d'essayer de les laver, la peur et la honte avaient pénétré le cœur de chaque fibre. Je me suis assis dans la baignoire et j'ai vidé tout le chauffe-eau sur ma tête. J'aurais pu en vider dix tant l'odeur et la crasse avaient traversé ma peau.

Je me suis couché. J'ai fermé les yeux. Jamais ce matelas n'avait été si doux, si moelleux, si bon pour mes os brisés. Un quart d'heure plus tard mes yeux étaient grands ouverts, je suis retourné dans la baignoire mais l'eau était glacée. S'il n'avait pas été si tard je serais allé chercher ma fille, j'avais besoin de la pureté de sa tendresse après ce voyage au royaume des ombres et des visages sans regard.

4

J'étais si épuisé que mon sommeil a été bref et agité. Lorsque les doigts gris de l'aube ont glissé dans ma chambre je me suis levé, je n'avais pas cessé de penser à ma fille. Je me suis relavé plusieurs fois. Le moindre geste était harassant, j'avais les muscles douloureux et les nerfs en compote. Maintenant que c'était fini je payais l'addition. J'ai attendu dix heures pour aller la chercher.

Elle m'attendait avec son petit sac. Elle m'a serré de toutes ses forces. J'ai fait signe à sa mère que je l'appellerais plus tard.

Quand nous sommes passés devant Côté Place elle a jeté un coup d'œil sur les scellés mais ne m'a rien demandé. Rien non plus lorsque nous avons été chez nous. Elle est allée dans sa chambre, elle a rangé ses peluches et elle s'est assise avec son poussin jaune, celui qu'elle appelle Prénatal parce que c'était marqué sur l'étiquette quand nous l'avions acheté. Je lui ai dit : « On va aller manger au Libanais. »

Elle adore cette valse des petits plats, c'est notre sortie préférée avec le cinéma. Elle m'a répondu : « Non, papa, je veux rester avec toi. »

Elle avait mis des mois à retrouver calme et joie de vivre après le calvaire que nous avions vécu, maintenant le danger venait d'ailleurs. D'où ? Comment pouvait-elle le savoir. Le soir avant de s'endormir, elle m'a demandé : « Max, il est en prison ? » Je lui ai dit oui.

— Pourquoi ?

— Je crois qu'il a fait de grosses bêtises.

— Toi aussi ?

— Mais non, mon bébé, tu le sais bien, la police ne le savait pas, alors ils m'ont posé des questions.

— C'est fini ?

En lui répondant oui, j'avais devant les yeux la tête du juge… Une tête molle, une tête banale…

Nous avons dormi jusqu'à onze heures du matin. Nous étions aussi démolis l'un que l'autre. Elle avait sa garde à vue. L'après-midi elle m'a demandé de l'accompagner à l'école, elle voulait que toute sa classe et sa maîtresse voient bien que je n'étais pas en prison.

Le lendemain en faisant trois courses en ville, j'ai croisé un homme qui venait régulièrement manger à Côté Place. Il m'a abordé.

— Je vous offre un café ? J'aimerais vous parler.

Nous sommes entrés dans le premier bistrot. Les clients avaient lu l'article, ils me regardaient discrètement, baissaient la voix. Nous nous sommes installés au fond de la salle.

— J'étais deux cages après la vôtre à l'Évêché, je vous voyais passer pour aller aux chiottes. Vous m'avez vu ?

— Je ne risquais pas de voir qui que ce soit sans mes lunettes, il faisait si noir là-bas dessous.

— Nous avons été arrêtés le même jour, dans la même affaire, pour moi ça s'est très mal passé, enfin, pour ma femme... Vous connaissez des journalistes je crois, il faudrait en parler.

— Que s'est-il passé ?

— Ma femme a été opérée d'une tumeur au cerveau aussi grosse que ça — il me montrait son poing —, il y a deux mois environ, elle est sous chimio, cachets et perfusions. L'autre matin à l'aube dix flics et gendarmes du GIR sont venus m'arrêter, à la même heure que vous j'imagine, je venais juste de partir à la boulangerie en voiture, nous habitons dans la campagne. La maison était ouverte, ils sont entrés. Ma femme dormait. Elle a entendu du bruit, ils étaient tous autour du lit. Elle a fait un bond. Un OPJ lui a mis un calibre sur la tempe et ils l'ont menottée pieds et poignets. Je ne sais pas de quoi ils avaient peur mais ils avaient peur. Ma femme était tétanisée. Elle est restée comme ça une demi-heure en culotte, assise sur le lit pendant qu'ils démontaient la baraque. Quand je suis revenu je l'ai trouvée assise, torse nu, menottée dans le dos, elle tremblait de panique et de froid. Elle bavait. Je me suis mis à hurler. Ils me sont tombés dessus pour m'attacher. Alors seulement ils ont pensé à lui jeter une chemise sur les épaules, les enfoirés ! Voilà pourquoi je voulais vous voir. On était tous sur écoute depuis des mois, ils savaient tout heure par heure, l'opération, les traitements, la chimio, on ne parle que de ça au téléphone avec la famille, les amis. Ils ont bien vu qu'elle avait soixante-douze points sur la tête !... Depuis l'autre matin elle fait des crises d'épilepsie et son bras se paralyse. Ils ont même saisi son dossier médical... Je suis écœuré ! Il faut que la presse en parle, il faut le dénoncer !

Écœuré!... En quelques instants ils ont saccagé des mois de soins, de prudence, d'amour...

— Donnez-moi votre numéro de téléphone, des journalistes vous appelleront. J'étais sidéré moi aussi de faire une telle garde à vue, quand j'entends votre histoire... Comptez sur moi, ils ont voulu frapper fort, faire du bruit, ils vont l'entendre longtemps ce bruit.

Je suis remonté chez moi et, avant que Marilou ne revienne de l'école, j'ai appelé les quelques journalistes que je connais en province, à Paris. Je savais à présent que j'étais sur écoute, je ne disais que la vérité. La cruelle vérité. Dans les rédactions ils étaient abasourdis. J'ai alerté Amnesty, la Ligue des droits de l'homme et ceux qui savent encore ce que le mot dignité veut dire. J'ai parlé de cette femme attachée à l'aube sur son lit avec soixante-douze points sur le crâne et des geôles lugubres de l'Évêché où une autre femme avait hurlé toute la nuit. Nous étions très mal placés pour critiquer la Turquie. Notre Turquie on la cachait sous la ville, sous d'anciens palais.

Les jours suivants, je ne me suis occupé que de ma fille. Je n'avais plus de voiture et l'interdiction de sortir du département. J'ai annulé toutes les rencontres prévues dans les lycées, les bibliothèques. J'ai prévenu les associations culturelles des prisons que je ne viendrais plus. Aux Baumettes les douze détenus de l'atelier d'écriture avaient entamé une grève de la faim pour que je revienne. Tous m'ont écrit aussitôt. Ils connaissaient mon histoire, ils étaient révoltés. Ce geste d'amitié m'a profondément ému. Ému aussi les nombreuses lettres affectueuses d'enseignants, de libraires, de lecteurs. Ils avaient suivi l'affaire dans le journal, à la télé. Que la justice puisse me traîner dans la boue et me jeter aux chiens avant même de m'entendre les scandalisait. J'ai conservé tous ces témoignages de confiance dans un tiroir de mon bureau. Les jours où je doute de moi, je les relis les uns après les autres. Ils pèsent beaucoup plus lourd que cette grimace de justice.

Dans un tiroir de ce bureau il y a les ordonnances, les notifications, les astreintes, les conclusions glacées d'un juge signées par un greffier transparent sur du papier ministériel, dans l'autre il y a ces lettres. Voilà, pour moi, les vrais plateaux de la balance.

« Entre la justice et ma mère je choisirais ma mère. » Je ne sais pas exactement ce que Camus a voulu dire, ni pourquoi, mon cœur le sait. Et notre cœur est plus haut et secret que l'esprit. Là où est l'amour se trouve la justice. Quand je m'assois à mon bureau, toute l'humanité est sous mes mains. D'un côté la dureté haineuse d'un homme qui porte le masque de la loi, de l'autre un visage ouvert, lumineux.

J'essayais de faire oublier à ma fille ces heures sombres. Elle se blottissait contre moi le soir sur le divan et nous regardions un film en croquant du chocolat, je lui lisais quelques belles aventures que nous allions choisir à la bibliothèque et nous jouions parfois jusqu'à plus de minuit au Monopoly, au Trivial Pursuit Junior ou au Tic Tac Boum. Quand j'ai vu qu'elle recommençait à tricher au Monopoly en distribuant les billets de banque ou en sautant furtivement une case périlleuse, je me suis dit que c'était bon signe. Elle était fascinée par les Champs-Élysées et la rue de la Paix qu'elle n'avait jamais vus et qui faisaient perdre ceux qui ne les possédaient pas.

Quand les parties duraient jusqu'à deux heures du matin, je ne mettais pas le réveil pour l'école et j'étais aussi heureux qu'elle de savoir que le lendemain les gens s'engouffreraient dans le froid et la nuit pendant que nous serions bien au chaud sous la couette.

Un mercredi matin, elle m'a dit en se levant : « Papa si on allait à la pêche ? » La ville était toute blonde de lumière. Je lui ai répondu : « Saute dans la douche, mon bébé, pendant que je prépare un pique-nique, en voilà une idée ! » Je n'avais pas achevé ma phrase que je me suis souvenu que tout notre matériel de pêche était resté dans le coffre de la voiture, canne télescopique, boîtes de fil, de plombs, d'hameçons, et la voiture était je ne sais où entre les griffes de la justice.

Pendant qu'elle se douchait, j'ai composé le numéro du juge. Le greffier a décroché. Je lui ai dit :

— Passez-moi le juge, s'il vous plaît.

— C'est à quel sujet ?

— Au sujet d'une canne à pêche, passez-moi le juge.

— Si vous avez quelque chose à demander passez par votre avocat.

— Le juge a confisqué une canne à pêche qui appartient à ma fille, je ne vais pas alerter mon avocat pour aller pêcher !

— Je ne peux rien faire. Que votre avocat adresse un courrier à monsieur le juge.

Il a raccroché. Si ma fille n'avait pas été dans la salle de bains, je crois que je serais monté à Digne leur mettre mon poing dans la gueule à tous les deux. Ils ne l'avaient pas fait assez souffrir, maintenant ils la punissaient... Ma colère dès lors n'a cessé de grandir.

La canne à pêche de ma fille m'a fait plus de mal que ma propre voiture. Nous étions allés au bord de toutes les petites rivières d'ici, la Laye, le Largue, l'Asse, le Verdon, et même lorsque le bouchon ne plongeait pas de la journée nous étions heureux et nous goûtions sur l'herbe dans le chant des oiseaux et celui du courant.

J'ai dit à Marilou que nous récupérerions la voiture et le matériel de pêche d'ici quelques jours, mais la belle lumière blonde était souillée. Ces gens salissaient tout, même la lumière et le bord des rivières.

Le vendredi est devenu un mauvais jour. Jour du contrôle judiciaire. J'avais pensé jusque-là qu'une telle obligation était destinée à surveiller les voyous susceptibles de quitter la région ou le territoire national pour se soustraire à la justice. Je n'allais pas abandonner ma fille, mes livres, ma vie alors que je n'avais rien fait.

Pour me rendre au commissariat, il me suffit de descendre la rue Grande où sont toutes les boutiques et de tourner à gauche en longeant les terrasses des cafés. On n'est pas coupable dans un dossier enfoui sous des milliers de dossiers dans le labyrinthe d'un palais de justice perdu au fond d'une étroite vallée, on est coupable dans le regard de chaque homme et chaque femme que l'on croise dans la rue. Ces regards, je les connaissais presque tous depuis tant d'années, du petit salon de coiffure de Jacques où je vais chaque mois, à la maison de la presse où tous les mercredis j'achète *Télérama* en passant par Le Grain de café, la maison où a grandi Giono et les deux mercières tirées à quatre épingles chez qui je trouve des lacets et un peu de ruban pour les poupées de ma fille.

Tout le monde m'appelle René, me tutoie. Cette ambiance de village me rappelle mon enfance dans une banlieue de Marseille et je pourrais laisser Marilou jouer sur le seuil de chaque magasin, tout le monde l'a vue grandir en me tenant la main. Elle est aussi connue que le maire et je trouve cela rassurant.

Depuis mon arrestation, je ne descendais plus la même rue Grande. La plupart des Manosquins continuaient à m'aborder chaleureusement, certains se contentaient en me croisant de soulever un peu le coin des lèvres, ils croyaient sourire, ils montraient les dents ; quelques-uns détournaient négligemment la tête en m'apercevant car il n'y a pas de fumée sans feu. Cette phrase, je l'entendais dans leur tête en les frôlant, elle bourdonnait comme la rumeur qui peut embraser une ville à l'allure du vent.

Seuls les indics et les coupables franchissent à la dérobée les portes des commissariats. Après quelques semaines, on les franchit comme eux. Je faisais parfois un détour par les petites ruelles désertes, plus silencieux qu'une ombre, et je ne croisais que des chats qui n'appartiennent à personne. Des chats furtifs aux yeux coupables.

Je posais ma carte d'identité sur la banque et je disais au policier de permanence : « Contrôle judiciaire. » Il saisissait l'énorme dossier, cherchait mon nom, ne le trouvait jamais.

— L'imprimé jaune canari vers le milieu, lui disais-je.

Le flic me détaillait, ahuri de découvrir que je faisais partie du grand banditisme. Je n'avais pas la tête de l'emploi… Je signais pendant qu'il allait perplexe de ma photo à mon visage. Certains policiers me connaissaient et s'excusaient presque de participer à cette inutile humiliation. Une femme en uniforme m'a dit un vendredi :

— J'ai lu tous vos livres, si vous voulez bien j'apporterai le dernier et vous me mettrez un petit mot.

— Surtout maintenant, j'ai l'habitude de signer, lui ai-je dit en plaisantant.

— Si ce n'est pas une honte, m'a-t-elle répondu, avec tous les voyous qui nous crachent dessus… Quelqu'un comme vous…

Je lui ai serré la main, même l'uniforme n'enlevait rien à son sourire.

— Si je vous croise en ville je vous le signerai encore plus volontiers dans un bistrot en vous offrant un café.

Les vendredis suivants je suis revenu à la même heure mais elle n'était plus là, ma lectrice bleue, les horaires des patrouilles sont si complexes.

Vers la fin mars j'ai reçu un coup de téléphone brutal, Yvan Audouard venait de mourir, la cérémonie aurait lieu vendredi à quinze heures dans l'église de Fontvieille, à deux pas de son moulin.

La Provence venait de perdre un écrivain et son plus beau conteur, moi plus qu'un ami. Depuis la mort de mon père, c'est à Yvan que j'allais demander conseil et, sans le lui dire, affection. Ils avaient la même casquette, la même voix chaude, cette générosité de chaque geste qui fait danser la vie. Les yeux d'Yvan étaient un peu plus chinois, un peu plus malicieux.

Dès les beaux jours, je le guettais dans les petits villages qui organisent des fêtes du livre autour d'un aïoli, d'une daube, d'un moment d'amitié. Les écrivains y oublient jalousies, rivalités, médisance. On ne s'assassine pas dans ces paisibles hameaux comme dans deux ou trois arrondissements de Paris, les enjeux n'y sont pas les mêmes, on vient ici pour être heureux et vers trois heures de l'après-midi on brille tous mais de transpiration. Yvan allait faire un petit roupillon dans la première ombre et revenait la casquette de travers, plus gai et plus grave que le matin : « Une petite sieste et hop au lit ! »

Nous étions souvent les premiers pour boire le café à la terrasse d'un bistrot sous les platanes ou au début du mois d'août sous les marronniers de

Valensole. C'est dans ce village que j'avais assisté à ce petit dialogue fabuleux. Un homme s'était approché de notre guéridon et, les yeux plantés dans ceux d'Yvan, très raide il avait déclaré :

— Regardez, monsieur Audouard, je viens de recevoir la Légion d'honneur.

Et mon petit chinois de père avait répondu :

— Ce n'est pas très grave de la recevoir, le pire c'est de la mériter.

Pendant les deux jours qui ont précédé l'enterrement j'ai pensé à Yvan, à tout ce qu'il m'avait apporté d'intelligence et de tendresse. Quand ma femme et moi nous nous étions séparés, il avait posé sa main sur la mienne en disant : « Je n'aurais jamais cru que la cicatrice fût aussi douce à sentir... Ce n'est pas de moi, c'est de Musset », avait-il ajouté en nous commandant deux 51 doubles.

Et je n'avais pas le droit de sortir du département pour aller dire au revoir à cet homme. Tenter de demander une autorisation spéciale... Autant jeter des pierres à la lune.

Le vendredi, je me suis fais prêter une voiture par ma meilleure amie qui est institutrice et je suis parti à Fontvieille.

Je regardais plus le rétroviseur que la route. Les

policiers m'avaient suivi pendant des mois avant la garde à vue, étaient-ils toujours sur mes talons ? Il est assez facile dans ces vallées désertes entre midi et deux d'apercevoir un véhicule qui garde ses distances. Deux ou trois fois je me suis arrêté à la sortie d'un virage avant de franchir les limites du département. De grosses fermes semblaient dormir depuis le début de l'hiver dans les plis d'une terre brûlée par le gel.

Je n'ai pas pris le chemin le plus court, j'ai pris le plus beau. La Bastide-des-Jourdans, Lourmarin, Mérindol, Eyguières… À cette heure tiède au tout début du printemps, tous ces villages étaient de nacre et les champs fumaient jusqu'à la lisière sombre des bois. Dans chacun de ces villages, un jour ou l'autre, debout près d'un comptoir ou sur le sable d'un jeu de boules, Yvan avec ses mots, son sourire, sa grâce avait ouvert les grilles d'un monde merveilleux, un peu comme l'avait fait le Grand Meaulnes avec les petits paysans de sa classe. Durant près d'un siècle Yvan avait parcouru ces territoires perdus à la recherche lui-même d'un domaine mystérieux. Il reprenait une histoire qu'il avait commencée deux ans plus tôt et son visage soudain devenait la Provence, chaque mot était une fontaine, une bastide, un tilleul, la chevelure, la poitrine d'une femme, le parfum de l'anis, l'ombre d'un cargo, le soir sur les collines, le bleu de Chine des marins au long cours et des voyous de Marseille, les ruelles de son enfance. Yvan avait ramassé en avançant toute la poussière d'or et la lumière de la Provence. Son sourire allait de Nice aux plaines de la Camargue et de la Crau, avec une pointe de malice dans l'œil solaire du plateau de Valensole.

Je roulais vers Fontvieille et j'oubliais les contrôles judiciaires, l'arrogance des juges, leurs robes noires et les cachots enfouis sous la terre. Je pensais à mon ami Yvan et un immense souffle de liberté soulevait mon cœur, cet homme n'était pas mort, où que mes yeux se posent apparaissait le visage magnifique d'Yvan.

La petite église de Fontvieille était pleine à craquer. Je suis resté debout avec des centaines d'hommes et de femmes qui pleuraient. Antoine a parlé de son père et j'aurais pu dire la même chose, secrètement c'était aussi le mien.

Le soir j'ai repris la route de Manosque, la lumière nacrée de l'après-midi avait disparu, les champs, les collines, les villages étaient bleus. J'allais retrouver ma fille. J'ai pensé à ce que nous mangerions tous les deux et à cette phrase d'Yvan : « Les meilleures années de notre vie sont, quoi qu'il arrive, celles qui nous restent à vivre ! »

Maintenant Yvan était en terre, c'était à moi de le faire vivre dans tous ces villages où il ne m'attendrait plus, l'œil allumé par l'élégance matinale d'une femme, le cœur attendri par un vieux pigeonnier qu'un figuier habite.

Les jours ne se ressemblent pas, l'enterrement d'Yvan resterait un moment de tristesse, de tendresse, de beauté. Des jours plus bêtes et plus cruels m'attendaient, comme ce mercredi où trois policiers en civil sont venus frapper à ma porte. Trois officiers de police judiciaire que je croise parfois dans les rues de Manosque. L'un d'eux me tendait un imprimé.

— Commission rogatoire du juge Second, nous devons fouiller votre appartement.

Je n'en croyais ni mes yeux ni mes oreilles.

— Il a été fouillé de fond en comble il y a deux mois…

— Nous le savons, le juge pense que vous allez chercher des bouteilles de vin dans votre restaurant.

Ni mes oreilles ni mes yeux… Je rêvais.

— Du vin ?… Il y a les scellés sur la porte du restaurant.

— Il est persuadé que les scellés ont été trafiqués.

— Mais n'importe quel enfant en jouant sur la place peut s'amuser à décoller les scellés !

— Ce sont les ordres du juge.

— Il est complètement malade, ce juge ! Je vais arracher les scellés et risquer la prison pour trois bouteilles de vin ! Au lieu de fouiller mon appartement amenez-le plutôt à l'hôpital psychiatrique ! Il faut le soigner ce type !

— Papa, pourquoi tu cries ?

De sa chambre Marilou m'avait entendu. Leur claquer la porte au nez ne servirait à rien, les suites seraient pires.

— Faites vite et le plus discrètement possible, ai-je chuchoté, la petite est déjà traumatisée.

Ils sont entrés sur la pointe des pieds, ont fait le tour de chaque pièce sans tout démonter, ils soulevaient un rideau, ouvraient un tiroir, une armoire mais ne dérangeaient rien.

Marilou les regardait faire la bouche ouverte. Comment aurait-elle pu comprendre que des hommes pouvaient entrer chez nous et sans un mot flairer chaque recoin, scruter le dessous des meubles.

Les policiers se dépêchaient, gênés. L'un d'eux s'est avancé vers la chambre de ma fille, je lui ai fait signe que non, il a hésité puis fait demi-tour. J'étais prêt à lui sauter à la gorge.

Ils sont repartis en marchant sur des œufs. Ils avaient senti que le juge était allé trop loin.

J'ai refermé la porte et sur un ton désinvolte j'ai dit à Marilou :

— Ils se sont trompés, ils cherchaient des bouteilles de vin, c'est eux, mon bébé, qui devraient s'arrêter de boire.

Elle ne m'a pas répondu, elle est retournée dans sa chambre, elle avait tout compris.

J'ai attendu quelques instants et je me suis enfermé dans la salle de bains. Avec mon portable, j'ai appelé l'avocat.

— Le juge vient de faire perquisitionner mon appartement sous les yeux de ma fille pour trois bouteilles de vin ! C'est de l'acharnement, de l'humiliation ! Demandez immédiatement une audition.

— C'est inadmissible, cet homme a perdu la tête, il en fait une affaire personnelle. Je m'occupe de tout.

Pendant des semaines j'ai attendu cette audition pour pouvoir demander au juge d'oser me regarder en face et de s'expliquer. Fin juin il a écrit à mon avocat qu'il partait en vacances, il me convoquerait à la rentrée. Quelle importance deux ou trois mois de plus ou de moins pour lui qui touchait son salaire. Voilà à quoi avaient servi mes impôts jusque-là, à payer des vacances à un petit monstre qui me harcelait. Il ne se contentait pas de m'humilier, il nous affamait ma fille et moi. Il avait supprimé mes ateliers d'écriture dans les prisons et je ne pouvais plus intervenir dans les lycées et collèges aux quatre coins de la région. Les uns après les autres, j'annulais tous mes rendez-vous. Avec amitié et parfois affection, tous les professeurs de français m'assuraient de leur soutien. Je ne les remercierai jamais assez.

Les écrivains vivent de leurs droits d'auteur et de toutes ces rencontres littéraires financées par l'Éducation nationale, les médiathèques, la DRAC. Je n'osais plus ouvrir les lettres oppressantes de ma banque tant mon découvert me donnait la nausée.

Le propriétaire des murs de notre restaurant

réclamait chaque mois son loyer. Jusqu'à quand resterait-il fermé ? S'il rouvrait nous pourrions au moins y manger avec Marilou.

L'institutrice qui m'avait prêté sa voiture m'a aussi prêté de l'argent. Je sombrais. Pour la première fois de ma vie j'empruntais de l'argent pour aller chez Leclerc. Je ne pouvais même plus dire à Marilou : « Ce soir on va au cinéma. » À mon âge, après une vie de travail, je ne pouvais pas amener ma fille au cinéma…

La seule chose qui me restait c'est l'écriture, mais j'étais dans un tel état d'inquiétude, de désarroi que dès que je prenais un stylo tous les mots s'envolaient. Ce juge m'avait volé mon âme. Il ne me restait rien ! Ni argent, ni voiture, ni mots. Rien ! Un stylo sans mots que j'aurais tant aimé planter dans son œil. Ma plume d'or dans son œil noir et j'appuierais sur la pompe !

En juin j'ai reçu une très longue lettre de Max, il n'avait pas osé m'écrire jusque-là, il s'excusait pour le calvaire que l'on me faisait vivre, lui était dans un quartier d'isolement face à un mur, seul vingt-trois heures par jour. Il venait de commencer un roman.

« Tiens bon, me disait-il, bats-toi pour récupérer le restaurant, n'oublie jamais que tu es innocent, crie-le partout, ils sont allés beaucoup trop loin avec toi. Ici tout le monde te soutient, les anciens de l'atelier et les autres, tu n'as que des amis. »

Oui, je vivais un calvaire, sans doute à cause de lui, mais je ne pouvais oublier cette matinée où il était accouru sur la place sans rien me demander. En quelques instants, par sa seule présence, les mois d'angoisse s'étaient évaporés. Je ne pouvais pas oublier le sourire puis le sommeil qu'il avait rendus à ma fille.

Mes parents m'ont élevé comme ça, je n'oublie rien, le meilleur comme le pire. Le héros de ma mère était Jean Valjean, celui de mon père le comte de Monte-Cristo. Les petites gens ont des héros qui sortent de la misère, du bagne ou de nulle part, pendant une vie ils s'installent dans leur cœur. J'étais bien comme eux, le juge c'était Javert, son ombre froide rôdait sous les porches de la ville, dans les forêts sombres de mes rêves.

J'ai pris ma plume d'or, celle que j'aurais dû planter dans son œil, et j'ai longuement répondu à Max. Je lui ai dit : « Si tu écris un roman, n'essaie pas de faire des phrases, sois sincère et violent, écris comme tu boxes, entre dans ton cahier comme sur le ring, cogne avec chaque mot. Écris comme le mur qui te fait face. »

L'été a abattu sur la ville ses longues journées blanches. Sous les tuiles brûlées par juillet nous vivions dans un four. De maigres filets d'eau verdâtre stagnaient dans les rivières où ne brillait que le ventre des poissons morts. Je ne pouvais pas amener Marilou à la mer à cause du contrôle judiciaire. J'ai demandé à sa mère de la sortir un peu de là, elle n'avait pas à subir les excès d'un juge et de la canicule. Elles sont parties dans un camping des Landes où nous étions allés l'année de sa naissance, derrière une grande dune.

Pendant tout l'été j'ai tourné en rond dans mon appartement, le ciel déversait son feu sur les toits et les plaines. J'attendais la fraîcheur, volets tirés, sous des greniers craquant de chaleur et j'étais plus pauvre que les oiseaux.

Je me suis rendu compte que je parlais seul, d'une pièce à l'autre. Je m'asseyais à mon bureau, dès que je touchais mon stylo les mots fuyaient comme des rats.

Je ne descendais plus dans les rues, au bistrot,

le soir je faisais cuire un peu de Floraline que je mangeais dans la casserole en regardant le ciel blanc.

Ma fille est revenue, puis l'automne. L'océan avait noirci son petit corps, les marées lavé son inquiétude dans le roulement sourd du sable et de l'écume. Elle est rentrée à l'école, j'ai ressorti le réveil, les jours se sont faits plus petits, dès cinq heures les pies dansaient sur les toits en tenue de soirée.

À part un peu de cuisine je ne faisais rien. J'attendais midi, puis j'attendais cinq heures. Un petit coup de balai sous la table et la lessive lorsque le panier était plein. Je n'étais plus du tout un écrivain, j'étais encore un peu un père. Certains soutiennent que l'on n'écrit bien que dans la douleur, si c'était vrai cet hiver-là j'aurais accouché d'un chef-d'œuvre. Ni un voyou ni un écrivain, rien ! Je signais mon contrôle judiciaire et je rentrais vite faire la lessive. Quand j'ouvrais un livre, je ne comprenais plus le sens des mots, un petit homme noir habitait ma tête. Je pensais à cette femme nue attachée dans le dos avec soixante-douze points sur le crâne, c'est dans ces cas-là que l'on peut produire une tumeur au cerveau, lorsqu'un inconnu habite votre tête et que vous n'avez aucun moyen de le déloger. Le juge peut se transformer en tumeur.

On ne s'intéresse vraiment à la justice que lorsque la justice s'intéresse à soi. Elle n'avait été pour moi jusque-là qu'une énorme et ténébreuse machine, elle devenait un monstre qui me tenait dans ses griffes. Plus je bougeais, plus il serrait. Cour de cassation, cour d'appel… cour des miracles. Lorsqu'on sort de celle-ci on s'intéresse aux étages supérieurs.

Comme tout le monde durant cette période, je suivais à la radio, parfois dans les journaux, ce qui allait devenir l'affaire d'Outreau. Le juge Burgaud venait de libérer Aurélie Grenon qui avait avoué des viols et agressions sexuelles sur mineurs. Ce juge disait aux autres détenus : « Si vous parlez, vous serez comme elle en train de faire bronzette sur la plage. » C'est ainsi qu'un autre détenu dans la même affaire décidait de faire des révélations. Pour obtenir sa libération, Daniel Legrand inventait qu'il avait assisté à une scène horrible : un vieil homme violait puis assassinait une petite fille dans un immeuble de la tour du Renard. Daniel Legrand racontera un peu plus tard : « Le juge avait complètement changé avec moi, tout gentil. Il m'appelait monsieur Legrand. Il me demandait : est-ce que vous avez mangé ? Quand je niais, je n'étais rien, on ne m'écoutait pas, quand je me suis mis à mentir, à lui dire ce qu'il voulait entendre, j'existais... »

Nous savons tous aujourd'hui ce qu'est devenue cette affaire : treize accusés ont été acquittés, un quatorzième s'est suicidé en prison, ces accusations aussi monstrueuses qu'injustes lui étaient insupportables. Il avait écrit au juge : « Je compte sur votre bienveillance pour faire la part des choses et confondre mes accusateurs. Je suis innocent... »

Ça aurait pu être moi, se dit chacun de nous.

J'avais de plus en plus la désagréable sensation que le juge Second était la réplique du juge Burgaud. Que fallait-il que j'invente au sujet de Max et de ces hommes que je n'avais vus qu'en photo à l'Évêché pour qu'il cesse de me harceler ? Dire ce qu'un juge a envie d'entendre... Un juge qui n'instruit qu'à charge, inlassablement.

Le juge Second... Il portait bien son nom. Il avait dû être toute sa vie besogneux, obséquieux avec ses chefs sans parvenir jamais à être le premier. Être enfin le premier une fois dans sa vie, une obsession ! Cette affaire inespérée dans laquelle un écrivain apparaissait allait le propulser au premier rang, lui qui était né et mourrait second. Avec sa tête ronde et molle, tellement banale, aussi molle que ses petites mains. Qu'aurait-il fait de sa vie s'il n'avait pas eu ce grand bureau pour le protéger ? J'ai toujours été stupéfait de voir ce que peut faire un homme pour avoir un bureau ovale.

Chaque mois mon avocat redemandait une audition, une confrontation. Moi je continuais à aller signer mon contrôle judiciaire, à ne pas pouvoir écrire et à me faire prêter de l'argent par une institutrice.

Un vendredi matin je suis arrivé devant le commissariat, ma carte d'identité dans la poche, et je me suis heurté à une paroi de verre. Je faisais des efforts pour franchir les portes, mes jambes ne répondaient plus, comme dans les rêves. Ce geste, venir reconnaître ma culpabilité, après des mois et des mois de honte et de rage, était devenu au-dessus de mes forces.

Je suis entré dans le premier bistrot, j'ai

demandé un café, une feuille de papier, un stylo, et j'ai écrit d'un trait sur le comptoir :

J'ai ouvert un restaurant avec un homme qui sortait de prison, un de mes anciens élèves des Baumettes. Cet homme a de nouveau été arrêté et j'ai été mis en garde à vue. Trois jours et trois nuits sur le béton d'un cachot sans cabinets, sans lumière, sans nourriture dans une odeur pestilentielle. Trois jours d'interrogatoire avant de signer un procès-verbal vide. La PJ concluait qu'il n'y avait pas trace de complicité ni de blanchiment.

Le procureur de la République et le juge qui avaient fait grand bruit autour de mon nom n'ont rien trouvé de mieux que de me mettre en examen sous contrôle judiciaire.

Voilà un an que chaque semaine je me soumets à cette épreuve humiliante, et je n'ai pas le droit de sortir du département pour aller travailler dans les collèges et lycées. Cette humiliation peut durer des années, je suis fatigué. Je n'ai absolument rien à me reprocher, j'écris et j'élève ma fille, voilà ma vie.

Je viens de décider que je n'irai plus au commissariat présenter ma carte d'identité. Depuis un an le juge refuse de me recevoir alors que j'en fais chaque mois la demande. Il ne m'a jamais regardé dans les yeux. Le regard d'un innocent ça fait peur.

Cette innocence, j'ai envie aujourd'hui de la hurler pour mes voisins, ma fille, mes proches, la terre entière et moi-même. Je déclare que je ne respecterai plus les décisions d'un juge qui ne me respecte pas. Dès aujourd'hui je ne signerai plus ce contrôle judiciaire.

L'affaire d'Outreau ne peut pas se multiplier sans réaction. Notre justice est malade, malade de quelques juges qui ne sont pas à la hauteur de l'immense pouvoir qu'ils détiennent et dont ils peuvent abuser sans contrôle ni risque de sanction. Chacun de nous doit réagir avant que le visage de la justice ne soit plus qu'une répugnante plaie.

Cette lettre n'est pas un défi, c'est un cri de révolte et de fatigue.

J'ai payé mon café et je suis allé envoyer ce communiqué à l'AFP et aux quelques journalistes que je connais. C'était la première chose que j'écrivais depuis un an. Si je ne l'avais pas fait, je crois que je serais tombé malade.

Je suis rentré et j'ai appelé mon avocat. Il m'a dit :

— Vous venez de faire une grosse bêtise, le juge va vous incarcérer. Il faut se battre dans le cadre de la loi.

— Il y a belle lurette que nous sommes sortis du cadre de la loi, nous sommes à la merci d'un pervers que personne ne contrôle. Cet homme veut me détruire, dans six mois je serai un clochard.

5

Un matin on a frappé à ma porte, j'ai ouvert. Trois policiers en civil étaient là.

— Commission rogatoire du juge Second, nous avons un mandat d'amener.

Pendant que l'un d'eux prononçait ces mots, les autres me passaient les menottes.

J'ai entendu un petit bruit derrière moi, je me suis retourné. Ma fille était là, bouche ouverte, pétrifiée.

— Je reviens quand? ai-je demandé aux policiers.

— Ça dépend du juge. Certainement pas ce soir.

Je me suis accroupi.

— Marilou, tu vas vite aller chez maman, le juge veut me poser quelques questions. Dès que je suis de retour je t'appelle.

Elle n'a pas répondu, la stupeur avait envahi

son visage. Ses yeux ne pouvaient se détacher de mes poignets entravés.

J'ai senti monter en moi, face à ce petit visage, une folle fureur. C'est à cet instant, je crois, que j'ai décidé de tuer ce juge, face à cette stupeur mais je ne le savais pas encore.

Je ne me souviens même pas si elle a descendu l'escalier avec nous, si j'ai fermé la porte à clé. Je ne revois que son visage bouleversé.

Un moment plus tard j'étais dans les sous-sols du commissariat. C'était une nouvelle garde à vue, on m'enlevait lunettes, montre, lacets, la chaîne de ma mère, et on m'enfermait dans un cachot de trois mètres carrés.

Je me suis allongé sur la dalle de béton et j'ai fermé les yeux.

J'ai attendu plusieurs heures. Il n'y avait que trois ou quatre geôles. J'étais seul. Vers midi on m'a apporté une barquette de riz. Je me suis relevé et j'ai regardé les murs. Sans lunettes je ne voyais que les grosses inscriptions gravées dans le béton : « Barbu », « Gitan ». Le dessin d'un sexe d'homme en érection surmonté de ces mots « Pour les flics ». Un sexe de femme en forme d'amande que j'avais confondu dans la pénombre avec une barque vue du ciel, les rames de part et d'autre n'étaient que quelques rares poils.

En fin d'après-midi, la porte blindée s'est ouverte, on m'a remis les menottes. Une patrouille de trois policiers m'a transféré à Digne. J'ai regardé défiler les terres pauvres de l'arrière-pays et les petits hameaux sombres qui s'abritent du vent entre deux amandiers tordus et noirs. Territoires de résistance et de révolte jadis. Maintenant tout le monde s'asseyait devant la même télé le soir, seules quelques corneilles au bord des champs donneraient encore pendant quelque temps l'illusion d'une terre sauvage.

J'ai attendu encore des heures dans une pièce du palais de justice fermée de barreaux. Quand mon avocat est arrivé, les policiers nous ont introduits dans le bureau du juge.

Il était devant moi, cet homme, et je mourais d'envie de lui écraser la gorge. Il m'a dit :

— Vous avez déclaré publiquement que vous ne respecteriez plus votre contrôle judiciaire. Vous vous êtes mis hors la loi. Vous allez le signer devant moi tout de suite !

Il me tendait l'imprimé jaune que j'avais signé pendant des mois au commissariat de Manosque.

Je l'ai laissé un moment la main suspendue au-dessus de son immense bureau puis je lui ai dit :

— Vous pensez que je vais obéir parce que vous me faites mettre des menottes ? Je suis innocent, vous le savez très bien ! Depuis un an vous me harcelez, vous m'interdisez de travailler, de sortir du département, vous faites fouiller ma maison pour quatre bouteilles de vin imaginaires ! Vous avez même confisqué la canne à pêche de ma fille. Je ne signerai plus rien, vous m'entendez ! Rien !

Mon avocat discrètement m'a fait du pied afin que je me calme ou obéisse. Ça m'a énervé encore plus. J'ai ajouté :

— Non seulement je ne signerai plus rien mais ce matin vous avez traumatisé ma fille, elle m'a vu partir attaché, ça je ne vous le pardonnerai jamais !

Ces dernières paroles je les articulées lentement afin qu'il ne les oublie pas.

Le juge a sursauté.

— Ce sont des menaces ?

Nos yeux se sont croisés. Il a compris que dans mon regard il n'y avait aucune prescription. Il a baissé le sien.

— Vous avez critiqué la justice dans les journaux, a-t-il poursuivi, moi aussi j'en ai des relations médiatiques ! Vous voulez que j'en parle, moi, de cette affaire dans la presse ?

Mon avocat a alors bondi comme un diable hors de sa boîte.

— Vous, monsieur le juge, vous voulez parler à la presse d'une affaire en cours d'instruction ? Dois-je vous rappeler que vous êtes tenu au secret de l'instruction ? Mon client a déjà été traîné dans la boue lors d'une conférence de presse alors qu'il venait tout juste d'être arrêté. Je constate que vous en avez fait une affaire personnelle, vous détestez mon client ! Greffier, je vous demande d'acter sur-le-champ les paroles du juge !

Le greffier était béant. Ses yeux affolés allaient du juge à mon avocat. Il venait de prendre conscience du faux pas de son maître. Ses deux mains restaient mollement suspendues au-dessus du clavier. Un rond-de-cuir sans âge, sans formes, sans visage, sans bruit. L'ombre grise d'un juge, un courant d'air. Y avait-il quelque chose sous ce costume gris ? Un peu de chair ? Une pensée personnelle ? Qu'éprouvait sa femme en le voyant arriver le soir ?

Mon avocat était debout, son doigt pointé sur le greffier il a grondé :

— Ou vous actez les paroles du juge ou j'en réfère dès ce soir au garde des Sceaux!...

Le juge a fait signe d'acter. Son visage était blême soudain, vieilli, décomposé. Ses yeux étincelaient. Je les voyais pour la première fois. Ils étaient aussi durs que du verre. En bredouillant il a répété ses paroles et le greffier effaré les a consignées.

Cinq minutes plus tard nous étions dehors, dans le petit jardin du palais de justice. Mon avocat souriait. Les trois policiers nous ont dit bonsoir avant de regagner leur véhicule, ils n'en croyaient pas leurs yeux. Mon arrestation, les menottes, le cachot, le transfert. Tout ça pour rien...

Comme lors de la première garde à vue, nous avons repris la route de Manosque dans la voiture de mon avocat. Maintenant il riait.

— C'est inespéré, cette erreur de sa part, il vous hait tellement qu'il en a perdu la tête. Je n'avais jamais entendu ça... Inespéré... Vous partiez en prison pour quatre mois, c'est le tarif pour un refus du contrôle.

— Et moi qui croyais que vous vous étiez endormi. J'en ai sursauté. J'ai cru qu'un serpent venait de vous mordre.

— Le renard fait semblant de dormir, en réalité il compte les poules.

Nous avons ri jusqu'au péage. Je n'en oubliais pas pour autant la haine de cet homme. Je riais, le père de Marilou était déjà au travail. Durant toute la journée je n'avais vu qu'une chose, le visage bouleversé de ma fille.

Si bouleversée, ma fille, que durant les semaines qui ont suivi elle n'est pas revenue à la maison. Des policiers, un père menotté, ce départ brutal vers un sombre et sinistre lieu. Après tout ce qu'elle avait déjà subi depuis les violences avec les cinglés du bout de la rue jusqu'à cette dernière arrestation, elle se réfugiait chez sa mère. Je n'ai pas insisté.

Chaque soir je l'appelais, la peur avait repris possession de sa voix. Elle répondait à mes questions par oui par non, c'est tout. Elle devait penser qu'ils allaient venir me chercher comme ça pendant des années et que nous ne serions plus jamais tranquilles.

Quelques jours plus tard j'ai reçu une notification d'ordonnance. Le juge Second m'informait qu'il venait de remettre ma voiture au service des domaines. Ce qui signifiait que je la perdais définitivement avant même d'être jugé…

Dès le lendemain, nouvelle lettre ahurissante. À la demande du juge je devais subir une expertise psychologique. J'étais convoqué à Marseille dans le cabinet de Noëlle Magaud-Vouland, docteur en psychologie, diplômée en criminologie et sciences pénales… J'ai relu plusieurs fois la lettre avant d'appeler mon avocat.

Il était aussi abasourdi que moi.

— Le juge n'a plus de stratégie, il essaie de vous humilier. Je vous conseille toutefois de vous rendre à ce rendez-vous, je connais cette experte, c'est une personne très bien et charmante, ce qui ne gâche rien. Vous en tirerez sans doute quelques pages de roman.

— Je veux bien rencontrer toutes les femmes charmantes du monde, mais de là à passer pour un psychopathe.

— N'ayez aucune crainte, m'a-t-il répondu en riant, cette femme va en prison rencontrer les pires tueurs en série et détraqués sexuels, elle est assez intelligente et expérimentée pour voir au premier regard à qui elle a affaire.

— Vous en êtes sûr ?… Après avoir frôlé la prison je ne voudrais pas me retrouver à l'asile, une seringue dans les fesses.

— Si ça se trouve vous irez boire un verre dans un bistrot après l'expertise et je prendrais bien votre place.

— Si vous me prenez par les sentiments.

Je me suis donc rendu à ce rendez-vous. Une femme m'a reçu dans la lumière chaude d'un cabinet. Elle était au moins aussi belle et charmante que ce que j'avais imaginé après ma petite conversation avec l'avocat. Étonnée elle aussi de devoir m'expertiser, peut-être un peu gênée. Elle avait lu il y a quelques années un ou deux de mes romans dont elle cherchait les titres. Elle m'a dit qu'elle allait être obligée de faire son travail normalement et que l'entretien nous prendrait au moins quatre heures. Je lui ai répondu que n'importe quel homme face à un si beau visage sous une lumière abricot en passerait volontiers quatre tous les jours.

Nous avons commencé par nous promener ensemble dans les recoins de mon enfance, de mon adolescence, puis nous avons un peu voyagé avec l'homme que j'étais devenu. Je n'avais jamais autant parlé de ma vie avec une inconnue qui ne disait rien de la sienne. Ce n'était pas désagréable cependant, me revenaient des petits lambeaux de mémoire restés accrochés aux ronces de ces lointaines années.

C'était comme une petite psychanalyse impromptue et gratuite. Le regard de l'inconnue aidait bien ma mémoire et je voyais à travers les lames des volets le bleu de la nuit effacer lentement les toits de Marseille.

Pendant près de quatre heures, j'ai sillonné cette ville d'une école à l'autre, d'une banlieue à l'autre, sans lâcher la main de ma mère. J'ai parlé des femmes que j'y avais rencontrées plus tard, de celles que je croyais avoir oubliées, de la mer qui me manquait, de mon âge, du hasard, puis cette belle femme m'a tendu les uns après les autres des dessins, des taches d'encre, des formes étranges, me demandant de les interpréter. C'était presque un jeu, je me suis amusé. Je lui ai dit que je voyais des sexes partout, des sexes de femmes, d'hommes, de mouches, d'ours, des sexes rayés de zèbres, d'escargots. Nous avions besoin de nous détendre.

Plus je voyais de sexes, plus ses beaux yeux légèrement obliques s'étiraient. Des yeux d'ambre. Plus belle encore lorsqu'elle souriait, cette inconnue sous l'abat-jour. Si j'avais su, je serais venu me faire expertiser plus tôt, lui ai-je dit.

Elle qui allait depuis des années dans de longs couloirs rencontrer des tueurs en série, des violeurs en série, des pervers en série, semblait trouver cet instant aussi léger que le cercle de lumière abricot qui nous rapprochait sous l'immense nuit.

Lorsque nous nous sommes dit au revoir sur le pas de sa porte, j'ai senti dans sa main une chaleur presque amicale, confiante, sincèrement humaine, et je lui ai dit que je serais heureux de la rencontrer un jour au hasard des rues et de poursuivre ma psychanalyse dans un bistrot. C'est le premier cadeau que me fait le juge, ai-je ajouté avant de plonger dans l'escalier, depuis un an et demi il m'a tout pris, même ma fille.

Deux semaines plus tard, nouvelle lettre. Nouvelle convocation. Une autre experte désignée par le juge Second m'invitait à me présenter dans son cabinet pour un nouvel examen psychologique, 8, traverse du Roi-de-Pique à Marseille. Elle aussi était diplômée de criminologie, neuropsychologie cognitive, graphologie… J'ai relu la lettre dix fois. Était-ce une sombre plaisanterie ? Fallait-il que je dérange mon avocat ? Je l'ai dérangé.

Il était dans un train, il allait à Toulouse, plaider. Je lui ai lu la lettre et au silence qui a suivi j'ai cru que la communication ne passait plus. Non, il était sans voix. Le train a eu le temps de se rapprocher de Toulouse avant qu'il me dise : « Bon, nous en avons à présent confirmation, il ne sait plus quoi tenter pour vous détruire, c'est à nous seuls de demander une contre-expertise si nous sommes mécontents de la première, lui n'en a pas le droit, ce serait trop facile, il n'a qu'à vous faire faire le tour de tous les experts, il finira bien par en dénicher un qui vous trouve des tendances maniaco-dépressives, paranoïaques ou perverses. Envoyez-moi immédiatement cette lettre et ne bougez pas le petit doigt, le pervers c'est lui, voilà une preuve de plus que les juges peuvent faire n'importe quoi sans le moindre contrôle. »

Comme chaque soir j'ai appelé Marilou, j'ai senti que les mains de l'inquiétude broyaient toujours sa petite gorge. Nous avons un peu parlé de l'école, de ses deux copines, Sidonie et Manon, de rien, je lui ai dit que ses peluches commençaient à faire la gueule et qu'enfin je pouvais gagner des hôtels et de belles liasses de billets en jouant seul au Monopoly.

J'étais très seul. J'ai tourné autour de mon divan une partie de la nuit. Mon avocat avait raison, le juge tentait par tous les moyens de m'humilier, il se moquait aussi de la première experte, Noëlle Magaud-Vouland, cette femme qui avait été si charmante avec moi, il la méprisait, méprisait son travail. Quatre heures et demie d'entretien qui ne convenait pas à cet homme. Cet homme ?... Ce monstre ! Il avait décidé de m'écraser et personne ne pourrait l'arrêter, ni sa hiérarchie ni les avocats. Personne ! J'étais seul face à un pouvoir sans limite. Je n'avais plus la force de subir.

Le lendemain, j'ai pensé à ma fille comme chaque jour. Sa chambre était vide. Triste et silencieux cet appartement.

À trois heures de l'après-midi j'ai plaqué mes mains sur mon visage et je suis resté de longues minutes derrière le velours noir de mes paupières. Quand j'ai ouvert les yeux j'avais pris une décision, j'allais tuer le juge.

6

J'avais un jour accepté d'accompagner une femme dans le parloir d'une prison, voilà jusqu'où cela m'avait mené, j'allais supprimer un juge. Quel romancier aurait eu le culot d'imaginer une histoire pareille, aussi insensée? Moi je n'inventais rien.

Abattre un juge… C'est facile à dire les deux mains plaquées sur le visage, assis devant un bureau. Je n'avais jamais tué que quelques grives jadis avec mon père dans les collines de Marseille, deux ou trois pigeons sauvages ou perdreaux. Je n'étais pas un tueur.

Je me suis souvenu d'un livre qui devait se trouver encore dans ma bibliothèque. Ce livre racontait l'histoire du juge Michel abattu à Marseille en 1981. J'avais souvent entendu parler de ce magistrat aux Baumettes par les détenus qui étaient passés entre ses mains, dans son cabinet devenu célèbre. Ils se souvenaient d'un homme très dur n'hésitant pas à incarcérer leurs femmes pour les faire céder et à descendre aux geôles poursuivre ses interrogatoires. Un shérif en quelque sorte.

Je suis allé chercher ce livre. Il avait jauni depuis vingt ans. Il était sous-titré : « Pourquoi est mort celui qui allait révéler les secrets de Marseille. » Des secrets de cette ville, j'en avais appris pas mal durant les années d'ateliers d'écriture où tant de braqueurs et truands étaient venus s'asseoir autour de notre table, semaine après semaine, pour écrire, bavarder, ou tout simplement éviter l'ombre polaire des cours de promenade l'hiver. La confiance s'était installée, la plupart des affaires étaient classées. Les secrets évoqués devant moi dans un langage cabalistique que j'avais appris à déchiffrer étaient ma petite « série noire » personnelle. J'avais souvent trempé ma plume dans le sang répandu sur les trottoirs de cette ville pour étayer les sombres intrigues de mes romans.

J'ai feuilleté cet énorme bouquin. Très vite je suis tombé sur la scène du crime, celle qui m'intéressait :

Le 21 octobre le juge Michel quitte le palais de justice, enfourche sa moto et file vers sa maison à Mazargues où il doit déjeuner. Il suit la rue Breteuil, le boulevard Perrier puis la contre-allée du Prado avant de rouler sur le long ruban du boulevard Michelet. Il est sur ses gardes. Le matin il a emprunté un autre itinéraire pour se rendre au palais.

Deux hommes en blousons et pantalons noirs, visages dissimulés sous des casques intégraux, attendent à la hauteur du 50, boulevard Michelet. Un endroit parfait pour une exécution.

À 12 h 48 le juge Michel arrive à proximité de la Cité Radieuse que les Marseillais ont baptisée maison du Fada, paquebot de béton grisâtre échoué près d'un fleuve de voitures. Le juge tourne à droite dans les jardins de la maison du Fada. Une prostituée fait « l'apéritif » dans sa jupe fendue, les derniers fleuristes remballent leurs marchandises. Les deux hommes en noir ont choisi l'heure idéale pour une exécution. Le soleil fait scintiller le rouge de leur Honda 900 Bol d'Or.

Le passager à l'arrière, sur le tan-sad, est un tueur. Il va tuer.

À 12 h 49 il sort de son blouson un pistolet 9 mm de type Parabellum. La première balle s'enfonce dans l'épaule gauche du juge et le fait chuter. Le tueur saute sur le goudron, sans se presser. La seconde balle brise le cou, la gorge sous le casque intégral et court jusqu'au cerveau. Pour le coup de grâce l'homme s'arc-boute vers le juge et la balle pénètre au milieu de la poitrine, déchire le cœur. Il est 12 h 50. Une minute pour une exécution.

Sous un platane, le juge Michel est couché au bord du trottoir, recroquevillé en fœtus, il fait corps avec sa machine comme une sculpture de César.

Les deux hommes en noir roulent déjà dans l'impasse Marie-de-Sormiou et Charly le clochard regarde filer cette étincelante comète rouge.

Il y a quelques années, après la spectaculaire inondation qui avait noyé la centrale d'Arles, les quatre cents détenus qui y étaient enfermés avaient été transférés en barques d'abord puis en fourgons dans diverses prisons. J'avais vu débarquer un lundi dans mon atelier des Baumettes un colosse que tout le monde semblait connaître. François Girard dit « le blond » était en prison depuis vingt-cinq ans. Il y était déjà en octobre 1981 lorsque le juge Michel était tombé sous les balles. L'enquête policière s'était ensablée durant de longues années jusqu'à ce qu'un malfrat lâche, contre une étrange libération, un nom, celui du si recherché commanditaire de ce contrat retentissant. François Girard aurait organisé la mort du juge du fond de sa prison… Sans autres preuves que les paroles d'une balance, cet homme avait été condamné. Il fallait un coupable dans une affaire d'État, depuis vingt-cinq ans il croupissait dans une cellule.

François avait été un minot d'Endoume. Très jeune il avait perdu son père et déserté l'école pour travailler, voler, aider sa mère et rôder dans tous les quartiers de Marseille. La rue avait forgé un redoutable voyou.

Il venait cependant de passer vingt-cinq années de détention à lire, écrire et réfléchir. Cet homme de mon âge aux mains de géant citait en souriant Dante, Shakespeare, Stendhal, Dostoïevski ou Rimbaud. Depuis plus de vingt ans il hurlait son innocence et le lundi après-midi il venait boire un verre de Ricorée et nous lisait paisiblement son dernier poème écrit la nuit précédente en cellule. J'avais souvent pensé en l'écoutant que dans notre pays les juges étaient mieux protégés que les enfants.

Et moi qui n'étais ni tueur, ni commanditaire, ni simple voyou, il fallait que je me débarrasse d'un juge qui avait décidé derrière son grand bureau, je ne sais pour quelle obscure raison, de saccager ma vie. Il était parvenu à m'enlever ma fille.

J'aurais tort de prononcer le mot de vengeance, il serait insuffisant, trop limité pour exprimer toute la violence et la douleur qui habitaient mon corps. Il fallait que de ce corps j'arrache une tumeur, une tumeur qui ne cessait de grossir. Cette tumeur était un juge. Aucun chirurgien ne pourrait m'en libérer. C'est moi qui allais tenir le bistouri.

Une fois de plus je suis allé voir l'institutrice qui m'avait tant aidé. Elle ne me demandait rien, nous buvions un café sur la table de sa cuisine, toute la douceur du monde était dans ses yeux. J'avais besoin de sa voiture pour deux ou trois jours. Elle est allée chercher les clés, nous a resservi du café. Nous n'avons rien dit. Il y avait dans ses yeux clairs de quoi oublier la fatigue, la solitude, la violence et l'effroi. Par le calme de son si beau visage elle me donnait la force et le droit d'accomplir les gestes simples d'un homme.

Je suis rentré chez moi, je me suis étendu sur le divan du salon et je me suis endormi. J'ai fait un rêve d'une étrange précision, un rêve dont je revois chaque détail, chaque couleur.

En fin d'après-midi j'arrivais à Digne. Le juge quittait son cabinet assez tard chaque soir et je garais la voiture sur le petit parking du palais de justice, derrière quelques platanes. J'attendais. De temps en temps un avocat en robe noire traversait le jardin du palais, un énorme dossier sous le bras, un autre sortait fumer avec son client. Deux gendarmes montaient dans leur fourgon et filaient. Malgré la nuit, je gardais mes lunettes de soleil pour ne pas effrayer le juge s'il m'apercevait. Beaucoup d'employés avaient quitté le palais, il sortait l'un des derniers, je reconnaissais sa tête molle, encore plus insignifiante sans son bureau pour la protéger. Le parking était sombre et désert. Il jetait un coup d'œil furtif autour de lui et se précipitait vers sa voiture, soudain sur ses gardes. Hors de moi, je le prenais de vitesse et lui collais sur le ventre le fusil de chasse de mon père : « Un mot, un geste et je te sors les tripes ! » Les rôles étaient inversés, je mettais le juge en garde à vue. Puis je l'enfermais dans une geôle profondément enfouie sous terre, il allait connaître le poids du fer, du ciment et de la nuit, à tourner comme un rat les mains en avant. Avec deux ou trois cadenas, je verrouillais la plaque et écrivais « danger ! ».

Mon rêve m'a réveillé au milieu de la nuit tant sa clarté devenait extraordinaire.

Le plus étonnant, c'est que je la voyais cette geôle, je la connaissais, enfant j'y avais joué des dizaines de fois. C'était l'une des caves d'une entreprise désaffectée depuis des lustres à Port-

Saint-Louis-du-Rhône. Peut-être une ancienne rizerie. J'avais passé des étés dans ce petit port abandonné du bout du monde, entre deux bains de mer nous allions jouer aux pirates au milieu de ces friches, nous y cachions nos trésors et nos chagrins d'amour.

Je savais que ces entrepôts existaient encore, à deux pas de la plage où je retourne une fois ou deux chaque été retrouver mes années mobylettes bleues.

Il fallait que je redescende dans ce dédale de caves encombrées de gravats auxquelles on accède par un escalier de béton après avoir soulevé une lourde plaque de métal.

Je n'ai pas pu me rendormir. J'ai pris la route.

Je suis arrivé à Port-Saint-Louis-du-Rhône à l'instant où le soleil touchait la plage Olga, allumant d'un coup des milliards de coquillages. Les tankers dormaient encore sous la brume métallique du golfe de Fos. Je venais de traverser des déserts de poussière et de tamaris sous une aube d'oiseaux et de vent. J'avais vu rôder les sombres taureaux. J'ai marché un moment sur une langue de terre entre la mer et le vent et je me suis assis sur la plage Olga, comme on s'assoit à vingt ans au bord de la Grèce.

Port-Saint-Louis-du-Rhône est l'autre extrémité du monde où l'on doit venir s'asseoir quand on commence à douter de l'équilibre des hommes. S'asseoir entre les pyramides rouges des conteneurs sur les terminaux de Fos et l'éclat bleu ardoise d'une coquille de moule. Se dire qu'on aimerait rester là sous cette lumière du bout du monde, dans l'un de ces petits cabanons blancs et bleus posés sur le sable ou en haut d'un blockhaus.

Pendant des heures, j'ai regardé le soleil monter sur le golfe, franchir la digue, le phare et basculer du côté de Carteau. Je suis allé marcher sur l'autre rive du canal entre le port de pêche et les entrepôts recouverts d'herbe, de rouille et de tags.

Je suis entré dans la rizerie et, au moment où j'allais soulever la plaque de métal qui avait surgi de mes rêves, je l'ai aperçu. Un jeune d'une vingtaine d'années, survêt Sergio Tacchini. Il devait s'appeler Tom, Ben ou peut-être Max, j'ai cru qu'il fuyait la police, il essayait de tromper le vent. Je lui ai demandé ce qu'il faisait au milieu de ces ruines. Il m'a dit qu'il cherchait de la musique dans sa tête.

— Quel genre de musique ?

— Rock alternatif, un peu de métal, les Doors, Jimi Hendrix. Je viens la chercher ici la musique, elle ressemble à ces usines où mes parents ont travaillé. C'est beau, c'est abandonné.

— Tu as toujours vécu à Port-Saint-Louis ?

— Je suis allé un peu dans des villes chercher la vie et puis je suis revenu ici. J'ai des amis qui ont été obligés de partir à Paris. Ils m'ont dit c'est bien Paris, on a tout à portée de la main, les concerts, les cinémas, les filles, c'est super on a tout... Mais non... Ils se languissent tous de revenir pour la tranquillité, le paysage. Il y a moins de dockers et de pêcheurs qu'avant. Tout le monde se connaît, il n'y a pas de bagarres ici. Même si on s'ennuie on est bien. On est chez nous.

— Tu ne bouges jamais ?

— Quand je veux aller à Marseille je me mets à l'écluse, tout le monde me connaît, c'est pour revenir que c'est dur, je prends le train sans billet.

En parlant nous marchions, nous traversions des hangars, des plates-formes de béton, des entrepôts abandonnés. Des nuages d'oiseaux s'envolaient par les immenses verrières fracassées, dentelle de vitres transpercée par la lumière. Friches déchiquetées par le temps, le mistral et les milliers de pierres et de boulons que les enfants jettent après l'école contre l'ennui.

— C'est ton métier la musique ?

— Ça me plairait, j'attends plus grand-chose, ça fait déjà un moment que j'ai donné ma part aux chiens. Je vois mon père, il a cinquante ans, il a toujours vécu pour ses minots, ça fait des années qu'il ne s'est pas acheté un habit. Alors je me dis que la vie c'est ça, c'est le travail du lundi au vendredi, espérer avoir une femme, des minots, passer le week-end à les faire sauter sur ses genoux et regarder l'OM le samedi soir... Moi ma vie elle est là. Voilà. Que voulez-vous que j'attende d'autre de toute façon ?... Venez, je vous emmène au club de boxe. Avant on s'entraînait sur la plage, maintenant on a une salle, ça fait partie de notre culture, les chocs. On prend des coups, on en donne. Il n'y a jamais de haine, c'est la vie. C'est dur de devenir un champion. Il faudrait qu'on parle un peu de Port-Saint-Louis quand il y a des inondations mais il n'y en a jamais...

Je l'ai suivi au club de boxe et j'ai entendu les coups mats des gants contre les sacs de sable. « Lève les bras ! Lève les bras ! » Et les combats sur le ring, les poings qui claquent rythmés par du rap et du hip-hop.

Quand j'ai quitté la salle il faisait nuit. Les

guirlandes d'ampoules municipales tremblaient dans le mistral. Je me suis perdu dans un labyrinthe de petites maisons basses. Brusquement à travers la grille des roseaux j'ai vu le fleuve, large, puissant, calme sous la nuit. Depuis le matin je n'avais vu que les canaux, le golfe, la plage. Le Rhône roulait devant moi ses muscles sombres, immense lame d'eau tranchant ce désert. Des herbes plus hautes qu'un homme surgissaient de partout comme de longues tiges de verre.

Un peu plus loin, j'ai débouché sur un petit port fluvial. D'une péniche éclairée sortait une chanson, quelques accords de guitare.

« Terre de marécages, lugubre sans rivages... Oiseaux de la mémoire... Peuples venus d'ailleurs... »

J'étais heureux de faire partie de ce peuple pour un soir, pour la nuit des temps. Faire partie d'un peuple qu'a apporté le vent.

Il faut arriver à Port-Saint-Louis à l'instant où le premier rayon touche la plage Olga et écouter, le soir, monter des fins fonds de ces déserts les grands mugissements de la solitude.

J'avais vu en une journée toute la beauté et la mélancolie du monde. « À Paris on a tout à portée de la main », m'avait dit le musicien des friches.

Ici j'avais tout sous les yeux. À quoi bon soulever cette plaque de métal, elle ne m'emmènerait que vers mes propres ténèbres.

J'allais trouver un petit cabanon blanc et bleu sur la plage de mon enfance et je vivrais là avec ma fille comme ce jeune de vingt ans. Je demanderais à l'institutrice si elle voulait bien venir vivre avec nous parfois, souvent, toujours... Le calme et la beauté de son visage me donneraient la force de ne pas abattre un homme.

Je m'installerais devant une petite fenêtre, j'ouvrirais un cahier, remplirais mon stylo. Cet homme je le tuerais avec ma plume, face à la lumière, au vent et à la mer.

Composition Ütibi
Impression Maury Imprimeur
45330 Malesherbes
le 10 juin 2021
Dépôt légal : juin 2021
1er dépôt légal dans la collection : septembre 2009
Numéro d'imprimeur : 255050

ISBN 978-2-07-039821-8. / Imprimé en France.

397030